# चीन में दर्शनशास्त्र

दर्शनशास्त्र : पूर्व और पश्चिम ग्रंथमाला–2
संपादक : देवीप्रसाद चट्टोपाध्याय

# चीन में दर्शनशास्त्र

*लेखक*
**जी. रामकृष्ण**

*अनुवाद*
इंद्रावती

राजकमल पेपरबैक्स

पहला पुस्तकालय संस्करण
राजकमल प्रकाशन प्राइवेट लिमिटेड द्वारा
1992 में प्रकाशित

राजकमल पेपरबैक्स में
**पहला संस्करण** : 2022
**दूसरा संस्करण** : 2024



---

**राजकमल पेपरबैक्स** : उत्कृष्ट साहित्य के जनसुलभ संस्करण

---

राजकमल प्रकाशन प्रा.लि.
1-बी, नेताजी सुभाष मार्ग, दरियागंज
नई दिल्ली-110 002
द्वारा प्रकाशित

**शाखाएँ** : अशोक राजपथ, साइंस कॉलेज के सामने, पटना-800 006
पहली मंजिल, दरबारी बिल्डिंग, महात्मा गांधी मार्ग, प्रयागराज-211 001
1, अनमोल सोराबजी संतुक लेन, धोबी तलाव, मरीन लाइंस, मुम्बई-400 002

वेबसाइट : www.rajkamalprakashan.com
ई-मेल : info@rajkamalprakashan.com

बी.के. ऑफसेट
नवीन शाहदरा, दिल्ली-110 032
द्वारा मुद्रित

**मूल्य** : ₹250

CHEEN MEIN DARSHANSHASTRA
by G. Ramkrishna

ISBN : 978-93-94902-93-0

विद्वान, मित्र और दर्शनशास्त्री
**कामरेड एस. आर. भट**
की स्मृति में श्रद्धापूर्वक समर्पित,
जिनका सान्निध्य सौभाग्यकर
एवं प्रेरणाप्रद अनुभव था ।

**—जी. रामकृष्ण**

# संपादक की प्रस्तावना

यह बड़े दुख की बात है कि आज जब दर्शन की सबसे अधिक आवश्यकता है तब उसके प्रति व्यापक उपेक्षा देखने को मिलती है। देश का नैतिक और बौद्धिक वातावरण बुरी तरह विषाक्त हो चुका है जिसके कारण बढ़ती हुई असहिष्णुता और हत्याओं के दर्शन हो रहे हैं और इनके पीछे वे विचार कार्यरत हैं जो बुद्धि और मानवता दोनों की कसौटी पर खरे नहीं उतरते हैं। यह बात कहने की नहीं है कि विचारशीलता की जगह पाशविकता, प्रेम की जगह उत्पीड़न, और शुभता की जगह लोभ ने ले ली है। कोई यह दावा नहीं करता कि दर्शन अकेले इन तमाम बुराइयों का हल हो सकता है। मगर हमारा यह दावा अवश्य है कि दर्शन के बिना न तो इनका उन्मूलन हो सकता है और न ही विचारशीलता की पुनर्स्थापना ही सकती है। लगभग ढाई हजार वर्षों से अधिक समय तक कुछ योग्यतम और श्रेष्ठतम मनुष्यों ने दर्शन की समस्याओं में अपना सर खपाया है। उनके जो भी विचार और उपदेश रहे हों, आवश्यक नहीं कि वे सब के सब आज की आवश्यकताओं के लिए प्रासंगिक हों, फिर भी जो कुछ अन्य लोगों ने कहा है वह अधिकाधिक बिगड़ती जा रही वर्तमान स्थिति से निबटने के लिए विचारों के एक महान भंडार का काम अवश्य दे सकता है। साथ ही यह भी आवश्यक है कि उनके विचारों को अभिजात वर्गों के एक छोटे-से दायरे तक सीमित न रहने दिया जाए। आज जो विषाक्त वातावरण हमारे चारों ओर है, उसकी जगह एक नए प्रकार के बौद्धिक वातावरण के निर्माण के लिए आवश्यक है कि इन विचारों को जनता तक ले जाया जाए और ये जनता के लिए प्रेरणा के स्रोत बनें। लोकप्रिय विश्व-दर्शन शृंखला के रूप में एक लघु पुस्तकालय तैयार करने के इस प्रयास के मूल में यही विचार है।


**देवीप्रसाद चट्टोपाध्याय**

3, शंभुनाथ पंडित स्ट्रीट, कलकत्ता

पिन : 700020


1 मई, 1990

# पाठकों से दो शब्द

बेहतर है, मैं आरंभ में ही यह बात स्पष्ट कर दूं कि चीनी दर्शन पर कोई व्यापक ग्रंथ लिखने की क्षमता मुझमें नहीं है। मैं चीनी भाषा तक नहीं जानता कि किसी चीनी ग्रंथ को उसके मूल पाठ में पढ़ सकूं। थोड़ा-बहुत जो मैं जान सका हूं वह कुछेक चीनी ग्रंथों के अंग्रेजी अनुवादों के द्वारा ही संभव हुआ है। न ही मुझे चीन के इतिहास का गहन ज्ञान है कि चीनी दर्शन को चीन के सामाजिक इतिहास के संदर्भ में रखकर विश्लेषित कर सकूं। प्रस्तुत पुस्तिका को तैयार करते समय मैं मुख्यतः चीनी दर्शन के दो विद्वानों पर निर्भर रहा हूं। ये हैं—जोसफ नीधम, और फंग यू-लन। इसलिए अगर किसी को लगे कि इन दो विद्वानों के विचारों और व्याख्याओं का व्यापक रूप से उपयोग किया गया है तो कोई आश्चर्य की बात नहीं होगी। नीधम के प्रति अपने ऋणी-भाव का वर्णन मैं शब्दों में नहीं कर सकता क्योंकि उनकी जो पुस्तकें इस पुस्तिका के अंत में दी गई पुस्तक-सूची में शामिल हैं, उनके अध्ययन से मेरे सामने पूरी तरह एक नया परिप्रेक्ष्य उपस्थित हुआ है। इसके अलावा उनकी अत्यंत प्रेरणाप्रद और विचारसंपन्न कृतियों का अध्ययन मेरे लिए एक दुर्लभ अनुभव रहा जिसे मैं जीवनपर्यंत नहीं भूल सकूंगा। फंग यू-लन से मुख्यतः प्रस्तुत पुस्तिका के लिए सामग्री जमा करने में मैंने सहायता पाई है। मुझे आशा है कि विभिन्न स्रोतों, और खासकर नीधम और फंग यू-लन से प्राप्त सामग्री को संक्षेप में प्रस्तुत करते समय मुझसे कोई बड़ी भूल नहीं हुई होगी। सुलभ संदर्भ के लिए प्रस्तुत पुस्तिका के अंत में चीनी शब्दों के शब्दार्थ और चीनी इतिहास का कालक्रम भी दिया गया है।

प्रस्तुत पुस्तिका लिखने का साहस अगर मैंने किया है तो अपने अनौपचारिक गुरु, प्रोफेसर देवीप्रसाद चट्टोपाध्याय के उत्साहवर्धन पर। न केवल यह कि उन्होंने यह काम मुझे सौंपा बल्कि सामग्री को एकत्रित और प्रस्तुत करने में उन्होंने मेरा आदि से अंत तक मार्गदर्शन भी किया है। इसके लिए तथा दर्शन के अध्ययन के सिलसिले में बहुत-सी अन्य बातों के लिए मैं हृदय से उनका आभारी हूं। मैं निष्ठा और प्रसन्नता के साथ उनके प्रति आभार व्यक्त करता हूं कि उनकी प्रेरणा से और उनके मार्गदर्शन में मुझे कुछ अध्ययन करने का सौभाग्य प्राप्त हुआ है।

मैं प्रकाशक का भी आभारी हूं कि उन्होंने प्रस्तुत शृंखला के बारे में सोचा और इसे कुशलता के साथ संपन्न किया।

**जी. रामकृष्ण**

# विषय-सूची

अध्याय 1

# परिचय

पिछली सदी के अंतिम वर्षों में, और ठीक-ठीक कहें तो 1898 में, चीन का एक समाज सुधारक और महत्वपूर्ण राजनीतिज्ञ, खांग यूवी-वेई (1858-1927) तत्कालीन छिंग राजवंश से कुछेक राजनीतिक सुधार कराने में सफल हुआ। यह राजवंश खुद तो एक विजातीय राजवंश था ही, उसे समर्थन भी अन्य विजातीय शक्तियों का ही प्राप्त था जिनका औपनिवेशिक साम्राज्य स्थापित करने का एक लंबा इतिहास रहा था। स्वाभाविक था कि इस विदेशी शासन और उसके तमाम तामझाम को उखाड़ फेंकने के संघर्ष ने अनेक रूप धारण किए। यह महान स्वप्नदर्शी खांग यूवी-वेई न सिर्फ अपने देश को विदेशी उत्पीड़न से मुक्त कराने के सपने देखता था बल्कि तीव्र गति से विकास कर रहे विज्ञान और प्रौद्योगिकी की मदद से पूरी मानवता के लिए स्वाधीनता और समृद्धि से भरपूर विश्वनिर्माण के भी सपने देखा करता था। अब यह अलग बात है कि उसे अंततः अपना देश छोड़कर भागना पड़ा और जापान में पनाह लेनी पड़ी। यह घटना उस समय की औपनिवेशिक शक्तियों की जोड़-तोड़ की क्षमता के बारे में बहुत कुछ कह देती है, खासकर जब हम यह पाते हैं कि खांग के भागने के बाद उसके सैकड़ों अनुयायियों का कत्लेआम किया गया। उसने एक प्रखर राष्ट्रवादी के नाते कन्फ्यूशियसवादी धर्म की स्थापना के लिए जोरदार आंदोलन चलाया। मगर इसका कारण यह न था कि वह पुनरुत्थानवाद का कोई कट्टर समर्थक था बल्कि ऐसा उसने ईसाई धर्म के बढ़ते प्रभाव और महत्व के प्रतिक्रियास्वरूप किया। परंपरागत कन्फ्यूशियसवाद के उत्थान के प्रति उसका उत्साह इतना प्रचंड था कि उसने कन्फ्यूशियसवाद को राजधर्म बनाए जाने तक की मांग की। यह बात स्वीकार तो न की गई पर 1915 के संविधान में (जो वास्तव में कभी लागू ही नहीं हुआ) कन्फ्यूशियसवाद को 'नैतिक अनुशासन के मूलभूत सिद्धांत' के रूप में स्वीकार किया गया।

प्रसंगवश, खांग का आंदोलन औपनिवेशिक शासन के विरुद्ध जनगण के संघर्ष के इतिहास की कोई अलग-थलग घटना नहीं है। उस सदी में भारत समेत अनेक देशों

में पुनरुत्थानवादी प्रवृत्ति के ठीक ऐसे ही नहीं तो कम से कम मिलते-जुलते उदाहरण देखने को मिले हैं। यह बात ध्यान में रहे कि ऐसे आंदोलन उस तथाकथित राष्ट्रवादी भावना से एकदम भिन्न हैं जिसे आज भारत की कुछ पुनरुत्थानवादी प्रवृत्तियों की प्रेरक शक्ति कहा जाता है। खैर, चाहे जो कुछ हो, हमारे लिए महत्वपूर्ण बात यह है कि खांग ने कन्फ्यूशियसवाद को चीनी जनमानस का एक महत्वपूर्ण तत्व जाना। यहां तक कि उसने दंतकथाओं के रूप में कन्फ्यूशियस के बारे में कहानियां तक गढ़नी शुरू कर दीं, ताकि उस प्राचीन दार्शनिक के व्यक्तित्व में कुछ दैवी तत्वों का समावेश हो सके जो "अब मनुष्यों में ऐसा देवता बन चुका था जिसे एक महती भूमिका निभानी है।"

विडंबना यह है कि दर्शनशास्त्र के क्षेत्र में खांग एक चीनी देवता गढ़ना चाहता था, जबकि चीन के किसी भी प्रमुख प्राचीन दर्शनशास्त्री ने इसके बारे में सोचा तक न था। चीनी दर्शनशास्त्र की एक विशेषता यह भी है कि उसने जनमानस में कभी किसी वैयक्तिक ईश्वर को स्थापित करने की कोशिश नहीं की। बाद की सदियों के जोशीले कन्फ्यूशियसवादियों ने कुछ उदीयमान दार्शनिक संप्रदायों के आक्रमण का सामना करने के लिए एक रणनीति के रूप में, कन्फ्यूशियस को ही देवता के आसन पर लाकर प्रतिष्ठित कर दिया था। कन्फ्यूशियस खुद भी ऐसे अप्रत्याशित घटनाक्रम पर स्वीकृति की मुहर लगानेवाले संभवतः अंतिम व्यक्ति होते। चीनी दर्शनशास्त्र का मूल विचार इस प्रकार के दैवीकरण का विरोधी रहा है। जोसफ नीधम ने कन्फ्यूशियस को एक जगह 'चीन का बेताज बादशाह' कहा है और कन्फ्यूशियस यकीनन ऐसे बादशाह रहे हैं और वह भी कई सदियों तक। मगर चीनी दर्शनशास्त्र की बुनियादी भावना में दैवीकरण के लिए कोई गुंजाइश नहीं रही है, चाहे मामला कन्फ्यूशियस जैसे श्रेष्ठ व्यक्ति का ही क्यों न हो। चीनी दर्शन के एक प्रमुख इतिहासकार, फंग यू-लन ने जोर देकर कहा है कि चीनी दार्शनिक चिंतन के विभिन्न संप्रदायों के बीच बहुत सारे मुद्दों पर चाहे जितने व्यापक मतभेद रहे हों, उनकी सामान्य दिशा मनुष्य को 'आंतरिक रूप से साधुत्व और बाह्य रूप से राजत्व' की ओर ले जाने की रही है। आगे चलकर हम इस दावे की सच्चाई की पड़ताल करेंगे। फिलहाल हम इतना ही कहेंगे कि चीनी दर्शनशास्त्र का सरोकार प्राकृतिक से अधिक और पराप्राकृतिक से कम लगता है। पराप्राकृतिक से सरोकार ही धर्म और उसके तमाम तामझाम को जन्म देता है। मगर जिस प्रकृति में भौतिक ब्रह्मांड तथा मनुष्य दोनों शामिल हैं उसके प्रति सरोकार वैज्ञानिक चिंतन, सामाजिक नैतिकता, राजनीतिक दर्शनशास्त्र और ऐसे ही अन्य रूपों में सामने आता है। जैसाकि डेर्क बोड ने जोर देकर कहा है, धार्मिक विचार और क्रियाकलाप कभी भी चीनी जीवन के महत्वपूर्ण और ध्यानाकर्षक अंग नहीं रहे हैं। मृत पूर्वजों की पूजा की प्राचीन परंपरा को छोड़ दें, तो चीनी विचारप्रणाली में धार्मिक भावना का कोई खास प्रभाव नजर नहीं आता। हम यहां यह बतला दें कि हमारे इस कथन का अर्थ यह नहीं है कि चीनी लोगों को उदात्त या ब्रह्मांड के परेशान करनेवाले रहस्यों का कोई खयाल नहीं रहा है। वास्तव में चीनी दर्शनशास्त्र में कुछ ऐसे विचारसंप्रदाय रहे हैं जिन्होंने इन रहस्यों की

विस्तृत विवेचना की है और कुछ आश्चर्यजनक परिकल्पनाएं सामने रखी हैं। इसके अलावा चीन के संदर्भ में दर्शनशास्त्र और धर्म इस तरह गड्डमड्ड रहे हैं कि यह कह सकना कठिन है कि एक कहां खत्म और दूसरा कहां से शुरू होता है। कुछ भी हो, जीवन के बारे में व्यवस्थित और गहन चिंतन का ही नाम दर्शनशास्त्र है। जीवन, ब्रह्मांड, ज्ञान, आदि के बारे में सिद्धांत इसी तरह के मनन से उत्पन्न होते हैं। धर्म भी जीवन से असंबद्ध नहीं होता। यही कारण है कि कोई भी धर्म एक अंतर्निहित दर्शनशास्त्र से पूरी तरह रहित नहीं होता। इसके अतिरिक्त दुर्भाग्यरूपी सामग्री—जैसे अंधविश्वास, कठमुल्लापन, कर्मकांड, आदि के रूप में—धर्म का उपरी ढांचा होती है। कन्फ्यूशियसवाद इन अर्थों में कोई धर्म नहीं है। न ही ताओवाद पूर्णतया दार्शनिक सिद्धांत है क्योंकि उसकी एक विशिष्टतः धार्मिक शाखा भी है और दर्शनशास्त्रीय तथा धार्मिक शाखाएं अक्सर भिन्न-भिन्न और परस्पर विरोधी शिक्षाएं देती हैं। कुछ विद्वान तो *ताओ च्या* और *ताओ च्याओ* में भी अंतर करते हैं, पहले का मतलब प्रकृति के अनुसरण का सिद्धांत और दूसरे का प्रकृति के विरोधी कार्य का सिद्धांत है। दार्शनिक विचारों की कुछ और उपशाखाएं भी हैं जिन्हें 'राजनीति से प्रेरित नीतिशास्त्र' मात्र कहा जा सकता है और वह भी तब जबकि इन्हें सचमुच नीतिशास्त्र कहा जा सके। यह कहना अतिरंजित न होगा कि कोई औपचारिक और संगठित धर्म नहीं, बल्कि नीतिशास्त्र और खासकर कन्फ्यूशियसवादी नीतिशास्त्र ही चीनी संस्कृति का आध्यात्मिक आधार रहा है। इसका मतलब यह कतई नहीं कि सदियों तक चीनी जनता का जीवन मात्र दर्शनशास्त्र के ग्रंथों में संजोए हुए नीतिशास्त्रीय सिद्धांतों से परिचालित होता रहा है। प्राचीन चीन के इतिहास से परिचित हर व्यक्ति इस तथ्य को जानता है कि इन सिद्धांतों में से अधिकांश का पालन कम और उल्लंघन अधिक किया जाता रहा है। हम चीनी जनमानस पर अंधविश्वासों के बेपनाह असर को भी अनदेखा नहीं कर सकते हैं।

आरंभ हम प्राचीन चीन के एक संक्षिप्त वर्णन से भी कर सकते हैं। कौन कहे कि आनेवाले दशकों में होनेवाला पुरातात्विक खनन-कार्य यहां किए गए दावों को सही प्रमाणित करेगा या नहीं, उदाहरण के लिए इस दावे को कि प्रथम श्या राजवंश का शासन-काल 2205 से 1766 ईसा-पूर्व तक था ! ईसा-पूर्व तीसरी सहस्राब्दी के चीन के 'संत राजाओं' के नाम मुमकिन है कि परवर्ती काल की आदर्शमूलक कल्पनाएं मात्र हों। पर यह निश्चित है कि चीन में परवर्ती नवपाषाण युग का आरंभ 5000 ईसा-पूर्व के आसपास हुआ था। हाल में इसके पक्ष में अधिकाधिक संख्या में पुरातात्विक साक्ष्य मिले हैं। सभी प्राचीन समाजों की तरह चीनी समाज भी आरंभ में कबायली समाज था। वहां के कबायली समाज का ढांचा भी दूसरी जगहों के ढांचों से भिन्न नहीं रहा है। इस तथ्य को स्वीकार किए बिना चीनी विचारपरंपरा के कम से कम एक संप्रदाय, यानी ताओवाद, को अच्छी तरह समझा नहीं जा सकता। नवपाषाणयुगीन कृषि आरंभिक आदिम कबायली समाज का आधार रही है, ठीक उसी तरह जैसे कांस्य धातुकर्म बाद की सामंती सत्ता का आधार था। नीधम ने यह बात बहुत विश्वसनीय ढंग से सिद्ध की है। प्राचीन काल के यूनानी और रोमन राज्यों में जिस

प्रकार की दासप्रथा प्रचलित रही है, उसी रूप में यह चीन में प्रचलित नहीं रही है। लेकिन जब हम शांग राजवंश (1600-1100 ईसा-पूर्व) के काल तक पहुंचते हैं जो कांस्य युग के आरंभ के समकक्ष है तो हमारा आधार और भी मजबूत हो जाता है। इस काल का सामाजिक ढांचा आदि-सामंती था। शांग-पूर्व 'संत राजाओं'—फूशी (पशुओं को काबू में लानेवाला), शेंग तुंग (दैवी कृषक), और ह्वांगदी (पीत सम्राट)—के नामों से संकेत मिलता है कि पशुपालन, कृषि और आरंभिक नगरीकरण, सभी शांग काल के पहले ही पूरे हो चुके थे। दो अन्य पौराणिक 'संत राजाओं', यओ और शुन, से किस बात का संकेत मिलता है, उपरोक्त से यह बात स्पष्ट हो जानी चाहिए। वे प्राचीन चीन के आरंभिकतम 'सम्राट' थे जो एक मामूली-सी नौकरशाही के साथ अपने-अपने इलाकों पर शासन भी करते थे, और बहुत क्रूर भी न थे। यही कारण है कि उन्हें परवर्ती कालों के राजा-महाराजाओं और सामंती सरदारों के लिए आदर्श बताया गया। शांगकालीन लुंग-शान क्षेत्र की खुदाई ने न केवल इन शासकों की राजधानी का पता दिया है, बल्कि हड्डियों के उपयोग की जो प्रथा तब प्रचलित थी उसके बारे में भी जानकारी दी है। इस काल की हड्डियों और कछुवों के खोलों में दरारों के साथ-साथ कुछ आलेख भी खुदे मिले हैं। हड्डियों का यह उपयोग एक तरह की भविष्योक्तिभी थी। प्रसंगवश, इसे चौथी और तीसरी सदी ईसा-पूर्व में जोर-शोर के साथ जबर्दस्त लोकप्रियता मिली, जब कछुवे के खोल या एक चपटी हड्डी को तब तक गर्म किया जाता था जब तक उसकी दरारों से रौशन आंच नहीं निकलने लगती थी और फिर इसी के आधार पर सम्राट या सामंती सरदार के भविष्य की पुरजोश व्याख्याएं की जाती थीं। आरंभिक जादू की इस परंपरा के पैरोकार इस प्रकार शांग राजवंश के आद्य-सामंती काल से संबंधित थे। परवर्ती कालों में राजा वेन और राजा वू का जिक्र बराबर उस युग के गौरवशाली राजाओं के रूप में किया जाता रहा है।

जो इतिहासकार प्रत्येक देश के इतिहास में किसी न किसी स्वर्णयुग को खोज निकालने के शौकीन रहे हैं, उन्होंने लगभग एकमत से चओ राजवंश (1122 ?-256 ईसा-पूर्व) के काल को प्राचीन चीनी इतिहास का स्वर्णयुग ठहराया है। इस राजवंश का संस्थापक चओ नाम का एक नवाब या ड्यूक था जो कन्फ्यूशियसवाद के राजनीतिक नायकों में से एक था। इस काल को अक्सर तीन उप-कालों में बांटा जाता है, और इनमें दूसरे उप-काल को *छ्युन-छ्यु* यानी वसंत और पतझड़ का काल (722-481 ईसा-पूर्व) कहा जाता है। इसे फा-काल भी कहा जाता है, और *फा* (यानी निष्ठुर शासक) काल को भी स्वर्णयुग कहा जाए। इसके बाद युद्धरत राज्यों (लगभग 403-221 ईसा-पूर्व) का काल आया जो दार्शनिक चिंतन की दृष्टि से समृद्धि का काल है। वे छोटे-मोटे रजवाड़े जो पीली नदी के आसपास स्थापित थे और चओ राजघराने के वफ़ादार थे, निरंतर युद्धों में उलझे रहते थे। इसके अलावा दूसरे महत्वपूर्ण राजनीतिक और सामाजिक फेर-बदल भी हुए। इस काल में हुए परिवर्तनों में सबसे अहम था आदि-सामंतवाद का पतन, जो छठी सदी ईसा-पूर्व में ही आरंभ हो चुका था, और

उसकी जगह वास्तविक और पूर्णतः विकसित सामंतवाद की स्थापना, जो सामंती नौकरशाही के रूप में अगले लगभग दो हजार वर्षों तक जड़ें जमाए रहा। आदि-सामंतवाद के लगभग पूर्ण पतन के इसी काल में दृश्यपटल पर कन्फ्यूशियस का उदय हुआ। पर आदि-सामंतवाद और उसकी पूर्ववर्ती व्यवस्थाओं की जनमानस पर अमिट छाप पड़ी थी। यहां तक कि वे जनमानस में कुछेक सदियों तक जीवित भी रहीं। बाद के कालों में जनता को यह एहसास करके एक धक्का लगा कि वे और उनका समाज किस कदर बदल चुके थे। ताओवाद में इस स्मृति के चिह्नों का और परिवर्तन के समझौताविहीन विरोध का उल्लेखनीय प्रतिबिम्बन हुआ है। इस प्रकार हम चओ राजवंश के परवर्ती काल में दो चिंतनप्रणालियों का उदय होते देखते हैं। इनमें एक धारा सामंती सरदारों के सहायकों और सलाहकारों के मध्य वर्ग की है तो दूसरी उन लोगों की है जो नई व्यवस्था से नफरत और कभी-कभी उसका सक्रिय विरोध करते थे। चओ शासकों के वफादार छोटे-बड़े रजवाड़ों के टकरावों के कारण सामंती दरबारों में रहनेवाले कलमकार, सचिव, और कर्मकांड, बलिदान तथा संगीत के विशेषज्ञ परेशानी में पड़ गए। वे 'विद्वान' (*व्व*) थे। सामंती राजाओं पर अपना प्रभाव बनाए रखना और उसे बढ़ाते जाना उनके लिए मात्र एक अकादमिक प्रश्न न था, बल्कि उनकी स्थिति और समृद्धि का दारोमदार इसी पर था। इसके अलावा वे लोग भी थे जो सैनिक प्रशिक्षण दिया करते थे। धातु और लकड़ी के काम करनेवाले भी काफी संख्या में थे। राजनीतिक अव्यवस्था के चलते उनके सहारे जाते रहे और उन्हें बेहतर रोजगारों की तलाश में इधर-उधर भटकना पड़ा। उनकी ख्वाहिश थी तो एक व्यवस्थित और शांत वातावरण की और इस लक्ष्य को पाने के लिए जरूरत इस उथल-पुथल भरी भीड़ को सही ढंग से शिक्षित करने की थी। इसलिए यह कहना गलत न होगा कि कन्फ्यूशियस से पहले भी ऐसे शिक्षक गुजरे हैं जिनकी शिक्षाएं इसी प्रकार की थीं, भले ही वे कन्फ्यूशियसवादी सिद्धांतों जितनी सुविकसित न रही हों। इन शिक्षकों के शांतिप्रयासों का मतलब था—विभिन्न रजवाड़ों में हो रही उथल-पुथल को काबू में लाने की संभावना का उभरना। इन 'शिक्षाओं' को कारगर बनाने के लिए कौन-कौन से प्रशासनिक उपाय किए गए, यह तो मात्र अनुमान की बात है। फिर भी यह अनुमान लगा सकना कठिन नहीं है कि कन्फ्यूशियसवादी ग्रंथों की नैतिक शिक्षाएं इन्हीं प्रशासनिक उपायों की पूरक-संपूरक बन गईं।

जब छिन राजवंश ने 221 ईसा-पूर्व में एक एकीकृत साम्राज्य की स्थापना की तो रजवाड़ों के झगड़े काफी-कुछ खत्म हो गए। सामंती तंत्र को सुचारु रूप से तथा कभी-कभी कठोरता के साथ चलाने के लिए केंद्रीय नियुक्ति की व्यवस्थावाली एक गैर-विरासती नौकरशाही का विकास इसी काल की देन है। चीन में इस नौकरशाही का एक लंबा इतिहास रहा है, हालांकि इसकी संरचना और इसके लिए नियुक्ति की विधि में समय-समय पर परिवर्तन होते रहे। राजे-महाराजे आए और गए, मगर इन मंदारिनों (दफ्तरशाहों) की जड़ें

चीन की धरती में गहराई तक जमी रहीं। इस तरह अल्पायु छिन राजवंश ने बाद के सभी राजवंशों के लिए सरकारी प्रशासन का बाकायदा एक ढर्रा तय कर दिया। यह कुछ-कुछ सौभाग्य की ही बात है कि इस राजवंश का एक घृणित कारनामा, यानी 213 ईसा-पूर्व में पुस्तकों की होली जलाने का कारनामा, परवर्ती कालों की परंपरा नहीं बना। परस्पर झगड़ रहे रजवाड़ों में एका स्थापित करने में शक्ति का अपव्यय भी इस राजवंश के पतन का एक कारण हो सकता है। 206 ईसा-पूर्व में इससे भी शक्तिशाली हान वंश का शासन स्थापित हुआ, और लगभग चार सदियों तक, यानी 220 ईसवी तक जारी रहा। देश के राजनीतिक एकीकरण की गूंज चिंतन के क्षेत्र में भी सुनाई पड़ी, और यहां भी चओ काल के अनेक दार्शनिक संप्रदाय चिंतन की दो प्रमुख धाराओं, कन्फ्यूशियसवाद और ताओवाद, में समाहित हो गए। पर पहले के कालों के मुकाबले इन दोनों की रूपरेखा में भी अनेक बदलाव आए। यही वह काल था जब बौद्ध मत चीन में पहुंचा। यह एक ऐसा घटनाक्रम था जिसके कारण दर्शनशास्त्र के देशी संप्रदाय आपसी मतभेदों को सुलझाने और खुद को मजबूत बनाने के लिए बाध्य हुए, ताकि नव-आगंतुक विचारधारा के प्रभाव को सीमित रखा जा सके।

चीन के राजनीतिक इतिहास का अगला काल आपसी फूट (221-589 ईसवी) और फिर स्वी राजवंश (590-617 ईसवी) का काल है। इस काल में खंड-खंड बंटे देश में अनेक अल्पायु शासन स्थापित हुए। प्रमुख विभाजन दक्षिण और उत्तर के बीच था। गैर-चीनी घुमंतू गिरोहों ने उत्तर की लंबी दीवार को पार करके प्रवेश किया और अपने शासन स्थापित किए। दर्शनशास्त्र के क्षेत्र में इस काल में कन्फ्यूशियसवाद का अस्थायी ह्रास हुआ और नव-ताओवाद तथा बौद्ध धर्म का प्रभाव बढ़ा। स्वी और थांग राजवंशों के काल (618-906 ईसवी) में एकता और राजनीतिक शक्ति में वृद्धि हुई। इस काल को चीन के इतिहास में असाधारण सांस्कृतिक शक्ति का काल माना जाता है। दार्शनिक सतह पर बौद्ध धर्म का प्रभाव इसी काल में चरम सीमा तक पहुंचा और छन संप्रदाय के नाम से उसकी एक नई शाखा का विकास हुआ। यह चीनी दर्शनशास्त्र का एक विशिष्ट संप्रदाय बन गया और दूसरे संप्रदायों पर इसका व्यापक प्रभाव भी पड़ा। चीन के बाहर इसे जापान के ज़ेन बौद्ध मत के नाम से अधिक जाना जाता है। काफी कुछ नया चोला पहनकर कन्फ्यूशियसवाद ने बौद्ध मत के बढ़ते प्रभाव का मुकाबला किया, मगर इस प्रक्रिया में उसे बौद्ध मत समेत अन्य संप्रदायों से अनेक नए विचार ग्रहण करने पड़े। इसे ही नव-कन्फ्यूशियसवाद के नाम से जाना गया, मगर इसका भरपूर विकास शुंग राजवंश (960-1279 ईसवी) के काल में ही हुआ जो अपने तात्कालिक-पूर्ववर्ती वंश की तुलना में राजनीतिक दृष्टि से कमजोर था। इसके बाद यूवन राजवंश (1280-1367 ईसवी) के अंतर्गत सांस्कृतिक जड़ता और अनुर्वरता का काल आया। पूरा चीन ही उसके शासन के दायरे में आ गया मगर यह विजातीय मंगोलों का शासन था। मिंग राजवंश (1368-1643 ईसवी)

के काल में चीनी शासन दोबारा स्थापित हुआ। इस काल में कन्फ्यूशियसवाद नई ऊंचाइयों पर पहुंचा, मगर उसने अपने चिंतन के पिटारे में सार्वभौम मन जैसे कुछ नए सिद्धांत भी शामिल कर लिए। कन्फ्यूशियसवाद के रूप में पहचान के काबिल न रह गए इस वाद में यह एक नया योग था। 1644 में देश एक बार फिर विदेशी शासन के अंतर्गत आया, मगर इस बार यह मांचू राजवंश का शासन था। यह शासन 1911 तक चला जब प्राचीन एकतंत्रवादी प्रणाली का विनाश हुआ और देश में एक गणराज्य की स्थापना हुई जिसकी जगह 1949 में एक लोक गणराज्य ने ले ली। यह तेज रफ्तार से होनेवाले सामाजिक, आर्थिक और राजनीतिक परिवर्तनों का काल था। उन्नीसवीं सदी के अंतिम वर्षों में बड़े पैमाने पर सांस्कृतिक पुनरुत्थान के प्रयास हुए और उसके अत्यंत उत्साहवर्धक परिणाम रहे; इससे भी जोरदार बीसवीं सदी के परिवर्तन रहे, इतने कि इक्कीसवीं सदी के और भी उच्चतर उपलब्धियों वाली एक रचनात्मक सदी बनने की पूरी संभावना है। चीन में ईसाइयत और यूरोपीय दर्शनशास्त्र का प्रवेश, राष्ट्रवाद की रचनात्मक अभिव्यक्ति, मार्क्सवाद का गंभीर अध्ययन और व्यवहार, नए सांस्कृतिक रूपों और परंपराओं का जोरदार विकास, संक्षेप में, एक नए युग का फलना-फूलना, चीन में हाल की सदियों की यही प्रमुख विशेषताएं हैं। दर्शनशास्त्र के प्रति गुणात्मक रूप से भिन्न दृष्टिकोण ने विद्वानों और जनता का एकसमान मार्गदर्शन किया और उन्हें अतीत से नाता तोड़े बिना अतीत के बंधन तोड़ने में समर्थ बनाया। दार्शनिक सिद्धांतों का पुनर्मूल्यांकन सामाजिक इतिहास की रोशनी में किया जाने लगा और इस प्रकार दर्शनशास्त्र के दाने से भूसी अलग होने लगी। दर्शन को समृद्ध बनाने का सबसे अच्छा रास्ता संभवतः यही है।

अब प्राचीन चीन की ओर फिर पलटें। हम देखते हैं कि उसकी अर्थव्यवस्था की जड़ें कृषि में थीं। वाणिज्य मात्र एक शाखा था जिसे कभी-कभी कतर भी दिया जाता था। यह सोचा भी नहीं जा सकता कि प्राचीन चीन का दार्शनिक चिंतन इन तथ्यों की उपेक्षा करके ठोस रूप धारण कर सकता था। प्राचीन काल की सामंती और कृषि-आधारित अर्थव्यवस्था का भी औचित्य सिद्ध करनेवाले उसी तरह मिले जिस तरह आज औद्योगिक और वित्तीय एकाधिकारवादी पूंजी को विश्वव्यापी स्तर पर अपने सिद्धांतकार मिल जाते हैं। प्राचीन चीन में वाणिज्य की प्रक्रियाओं में बाधा पहुंचाने का प्रभाव विज्ञान के बाधित विकास के रूप में सामने आया। चूंकि दर्शनशास्त्री हमेशा 'जड़ों को मज़बूत बनाने और शाखाओं को कतरने के' पक्ष में रहे इसलिए इस क्षेत्र की पूरी संभावनाएं कभी समाने न आ सकीं। जोसफ नीधम ने अनेक उदाहरण देकर इस तथ्य की पुष्टि की है। चीन में प्रौद्योगिकी के व्यापक विकास के बावजूद व्यापारवाद की राह में आनेवाली रुकावटों के कारण, उसकी पूरी संभावनाएं कभी प्रस्फुटित न हो सकीं। सामाजिक विभाजन का सोपान हमारे अपने जाति-आधारित स्तरीकरण से बहुत भिन्न था और उसमें व्यापारियों की स्थिति सबसे नीचे थी। विद्वान, कृषक तथा दस्तकार

इसी क्रम में व्यापारियों से ऊपर थे। प्रसंगवश ये विद्वान या तो भूस्वामी होते थे या भूस्वामियों के घनिष्ठ सहयोगी होते थे। इसलिए हमें दर्शनशास्त्र के क्षेत्र में ऐसे लोग भी दिखाई देते हैं जो देहातियों और उनके परिवेश का एक काव्यात्मक वर्णन प्रस्तुत करते हैं। इस परिवेश में अभी कुलीन सामंतों और उनके लगुओं-भगुओं का दखल नहीं हुआ था। यह एक ऐसी तस्वीर थी जिसमें कृषिवाद अबाधित और अविध्वंसक रूप में अपनी पूरी शान-शौकत में फलता-फूलता नजर आता है। इसके ठीक उल्टे वर्णन में सामंत सरदार को किसान का विपर्यय बतलाया गया है और इस *विचार* को समाज के *शासक विचार* के रूप में सामंत सरदार का पक्षधर बताया गया है। इसकी एक उपपत्ति यह है कि जो लोग प्रकृति के निकटतम और जो लोग उससे सबसे दूर होते हैं, उनके अपने-अपने विचारों के प्रतिबिंब दर्शनशास्त्र में मिलते हैं। इसलिए 'प्रकृतिप्रदत्त और मानवनिर्मित' को क्रमशः प्राकृतिक और कृत्रिम कहा गया और पहले को सुख-समृद्धि का अक्षुण्ण स्रोत और दूसरे को सारे मानवीय दुखों का मूल कारण बतलाया गया। हम आगे चलकर देखेंगे कि इसका मतलब यह नहीं कि पूरे चीनी दर्शनशास्त्र को चिंतन की मात्र दो समानांतर धाराओं का प्रवाह माना जा सकता है। कारण कि कुछ संप्रदाय ऐसे भी हैं जिन्हें खींच-तानकर भी इन दो धाराओं की सहायक धाराएं नहीं कहा जा सकता। मुख्यतः भाववादी और भौतिकवादी दृष्टिकोणों के आधार पर इन संप्रदायों का वर्गीकरण भी चीनी दर्शन के परिप्रेक्ष्य में उतना ही असंभव है। बौद्धों के आने से पहले तक चीन में कोई ऐसा संप्रदाय न था जो विश्व की यथार्थता या पदार्थ की प्राथमिकता से इनकार करता हो। मगर संशयवादी प्रवृत्ति का आरंभ सातवीं सदी ईसा-पूर्व से होता है जबकि भौतिकवाद को उसके अनगढ़ रूप में पहली सदी ईसा-पूर्व में देखा जा सकता है।

इस पुस्तक में दर्शनशास्त्र के विभिन्न संप्रदायों का मोटा-मोटी परिचय दिया जाएगा और उनकी कुछ प्रमुख विशेषताओं की विवेचना की जाएगी। इस संदर्भ में यह बता देना प्रासंगिक होगा कि चीनी दर्शनशास्त्र में तत्वमीमांसा की अपेक्षा नीतिशास्त्र से अधिक सरोकार पाया जाता है। अक्सर यह सुझाया जाता है कि चीनी लोग सकारात्मक ज्ञान की वृद्धि को नहीं, बल्कि 'मन के परिष्कार' को दर्शनशास्त्र का कार्य मानते थे। इसलिए उन्हें जो मूल्य प्रिय थे उन्हें नैतिक मूल्यों से उच्चतर कहा जाता है। लाओ-ज़ू ने 'ज्ञान-कर्म' तथा 'ताओ-कर्म' के बीच अंतर किया जिसमें पहले का उद्देश्य सकारात्मक ज्ञान में वृद्धि करना और दूसरे का उद्देश्य मन का परिष्कार करना बताया गया है। मन के इस परिष्कार के लिए विश्व की भर्त्सना करने की जरूरत नहीं पड़ती, बल्कि इसमें मानवीय संबंधों और मानवीय क्रियाकलाप पर जोर दिया जाता है। इसलिए चीनी दर्शनशास्त्र में 'इहलोकवादी दर्शन' के लक्षण पाए जाते हैं। अगर यह दर्शनशास्त्र इन अर्थों में यथार्थवादी है तो इसमें कभी-कभी भाववादी दृष्टिकोण के तत्व भी दिखाई देते हैं, खासकर बाद के चरणों में जब उसकी दृष्टि इंद्रियातीत की ओर उठती है। जैसाकि

दसवीं सदी के एक नव-कन्फ्यूशियसवादी दर्शनशास्त्री ने कहा था, दर्शनशास्त्र "सामान्य दैनंदिन गतिविधियों से असंबद्ध नहीं होता, लेकिन उसका सीधा सरोकार स्वर्ग-पूर्व काल से होता है।" अनेक चीनी दर्शनशास्त्रियों ने जो प्रयास किए हैं वे यथार्थवादी और भाववादी के समन्वय के प्रयास थे। इसका एक अनिवार्य निहितार्थ वचन और कर्म का समन्वय था जिसका अर्थ यह था कि 'संत' तो वह है जो आध्यात्मिक सिद्धि के लिए प्रयासरत होते हुए भी समाज के क्रियाकलाप में सक्रियतम भाग लेता हो। चूंकि दर्शनशास्त्र का कार्य मनुष्य को इस प्रकार के चरित्र के विकास में समर्थ बनाना था इसलिए राजनीतिक चिंतन हमेशा चीनी दर्शनशास्त्र का अभिन्न अंग रहा है।

सटीक अभिव्यक्ति आरंभिक चीनी दर्शनशास्त्रियों की विशेषता रही है। उनके विचार सूक्तियों, सुभाषितों, संकेतों और दृष्टांतों के रूप में सुरक्षित हैं। संकेतित आशय व्यक्त आशय से अधिक गूढ़ होता है। कम से कम इन आरंभिक दर्शनशास्त्रियों के परवर्ती भाष्यकारों ने उन्हें इसी रूप में समझा है। इस प्रकार मूल शब्दों को खींच-तानकर अनेक अर्थ निकाले जाते हैं और पाठक मूलतः अभीष्ट आशय के बारे में चकराकर रह जाता है। जिन लोगों ने ऐतिहासिक विधि को नकारकर अतीत के दार्शनिक विचारों को जानने के प्रयास किए हैं, दूसरों के मुकाबले अमूर्त विचारों की व्याख्या की ओर उनका अधिक रुझान रहा है। लेकिन अगर हम विषयवस्तु की विवेचना वस्तुगत रूप से करना चाहें तो हमें चीनी दर्शन में, सामान्यतः, दो प्रकार की अवधारणाओं में अंतर करना होगा, पहली वे जो स्वयंसिद्ध मान ली गई हैं और वे जो अंतर्ज्ञान से प्राप्त हुई हैं। इन अवधारणाओं की विश्वसनीयता-अविश्वसनीयता का फैसला तो यकीनन आज के प्रबुद्ध छात्र ही करेंगे। इस संदर्भ में जोसफ नीधम द्वारा प्रस्तुत किए गए तथ्य की विवेचना बहुत कुछ स्पष्ट करती है। उदाहरण के लिए कन्फ्यूशियसवाद मानवीय दृष्टिकोण से परिचालित है। प्रश्न है : आखिर ऐसा क्यों है ? इसका आमतौर पर उत्तर यह दिया जाता है कि उसे नीतिशास्त्र ने ऐसा बनाया। पर यह उत्तर वास्तव में कोई उत्तर नहीं हुआ। इसका सही उत्तर तो ठोस ऐतिहासिक परिवेश में उसको रख-परख कर ही पाया जा सकता है। जैसाकि नीधम का कहना है, "आमतौर पर दर्शन को अनेक प्रौद्योगिक कारकों समेत उसकी वास्तविक और ठोस सामाजिक पृष्ठभूमि में रखे बिना नहीं समझा जा सकता।" उपरोक्त मानवीय दृष्टिकोण के विशिष्ट उदाहरण में नीतिशास्त्र और दर्शनशास्त्र के अंतर्तत्व का निर्धारण इससे हुआ था कि किसानों के पास आड़ी कमानें थीं जबकि सामंत सरदारों के पास कोई जिरह-बख्तर न था। इस बात के प्रामाणिक साक्ष्य उपलब्ध हैं कि अनेक सामंत सरदार किसानों की आड़ी कमानों से मारे गए। इन हालात में "चीन में जरूरत जनता को समझाने-बुझाने की थी, न कि हथियारों के बल पर दबाकर रखने की और कन्फ्यूशियस का महत्व इसी में है।" यहां हम एकदम यह बात नहीं कर रहे कि एक-एक दार्शनिक विचार को इसी ढंग से समझा या व्याख्यायित किया जा सकता है या किया जाना चाहिए। फिर भी इस बात

से इनकार नहीं किया जा सकता कि कुछ विचारों के सामाजिक परिस्थितियों से उत्पन्न होने के बावजूद दार्शनिकों की मनन की प्रवृत्ति का भी विचारों के भंडार में अवश्य योगदान होता है।

ईसा-पूर्व पांचवीं और तीसरी सदियों के बीच दर्शनशास्त्र के अनेक संप्रदाय मौजूद थे। इसका संकेत चीनियों की 'सौ विचारों' की उक्ति से मिलता है। इसमें शायद ही कोई संदेह हो कि सौ *संप्रदायों* की बात करना एक अतिशयोक्ति है बशर्ते कि इसका अर्थ सौ *वैयक्तिक मत* न लगाया जाए। पर इसमें कोई शक नहीं कि कन्फ्यूशियसवाद और ताओवाद अकेले ऐसे मत न थे जिन्हें 'संप्रदाय' कहा जा सके। स्वाभाविक है कि प्रस्तुत संक्षिप्त पुस्तक के कलेवर में इन सभी संप्रदायों और प्रत्येक संप्रदाय के अंदर मौजूद भिन्न-भिन्न मतों का परिचय देना संभव नहीं है। केवल प्रमुख प्रवृत्तियों की संक्षिप्त रूपरेखाएं दी जा सकती हैं।

चीन के दार्शनिक संप्रदायों का वर्गीकरण करनेवाली पहली पुस्तक *शिह ची (ऐतिहासिक अभिलेख)* है। यह ईसा-पूर्व पहली सदी की रचना है। यह स्सुमा-थान और उसके पुत्र स्सुमा-छ्येन की संयुक्त रचना है। इसमें छः संप्रदायों का उल्लेख किया गया है। वे हैं—यिन-यांग संप्रदाय, च्व संप्रदाय, मो संप्रदाय, यिंग संप्रदाय, फ़ा संप्रदाय, और ताओ-दे संप्रदाय। इसमें कूटनीतिवादियों, यदृच्छ-ग्रहणवादियों, कृषिवादियों तथा कथावाचकों के चार संप्रदाय ल्यू-शिन (46 ईसा-पूर्व से 23 ईसवी तक) ने जोड़े। हम यहां मात्र छः संप्रदायों की चर्चा करेंगे, हालांकि उनका क्रम वैसा नहीं होगा जैसा हमने ऊपर दिया है और फिर इसके पूरक रूप में तीन अन्य संप्रदायों, बौद्ध मत, नव-कन्फ्यूशियसवाद, और भौतिकवाद का परिचय देंगे। यहां इन संप्रदायों पर अपने विचार देने से पहले एक बात के लिए सचेत कर देना अनुचित न होगा। ऐसा करना अनिवार्य तो नहीं है मगर इतना कह देना ठीक समझता हूं कि यह मान लेना गलत होगा कि चीनी इतिहास में कभी इन संप्रदायों के सिद्धान्तों का पूर्ण वर्चस्व रहा है, भले ही ये सिद्धान्त कितने ही पवित्र, महिमामंडित, रहस्यपूर्ण या व्यावहारिक क्यों न समझे जाते रहे हों। अगर ऐसा होता तो भिन्न-भिन्न संप्रदायों के एक साथ फलने-फूलने की आवश्यकता या संभावना न होती। विभिन्न कालों के शासक वर्ग इन संप्रदायों से पर्याप्त शक्तिऔर इस कारण जनमानस पर आवश्यक प्रभुत्व प्राप्त करते रहे। ताओवाद और भौतिकवाद के संभावित अपवादों को छोड़ दें तो ऐसे अनेक संप्रदायों का प्रचार-प्रसार तथा उनका गुणगान सामंत कुलीनों को उपयोगी लगा होगा। इसके चलते ही उनकी लूटखसोट कम धिक्कारणीय और कम दमघोंटू बन सकी होगी।

अध्याय 2

# कन्फ्यूशियसवाद

शब्द च्व का अर्थ है, विद्वान या चिंतक। कन्फ्यूशियसवादियों को प्राचीन ग्रंथों के शिक्षक और इस प्रकार प्राचीन सांस्कृतिक धरोहर का वारिस माना जाता था। इसी कारण उनके संप्रदाय को 'प्रबुद्धजन का संप्रदाय' कहा जाता है। खुंग फ़ु ज़ू कन्फ्यूशियस का लातीनी रूप है जिसका अर्थ है 'आचार्य खुंग'। उनका अपना नाम छ् यू था। उनका जन्म शांग राजघराने के वंशज होने का दावा करनेवाले एक परिवार में 551 ईसा-पूर्व में हुआ था। आज के शांतुंग में स्थित अपने गृह-राज्य लू में सरकारी नौकरी पाने से पहले तक उन्हें गरीबी का जीवन बिताना पड़ा था। न्यायोचित और सद्भावपूर्ण सामाजिक संबंधों के बारे में एक दर्शनशास्त्र का विकास कर लेने के बाद वे इसे आजमाने के अवसर ढूंढ़ते रहे। 50 साल की उम्र तक वे एक ऊंचे सरकारी पद पर पहुंच चुके थे। पर शाही दरबार के षड्यंत्रों के चलते उन्हें 495 ईसा-पूर्व में निर्वासित होना पड़ा। ऐसा लगता है कि वे लू राज्य की किलेबंदी को खत्म करना चाहते थे, इसलिए दरबार में उनका विरोध किया जाने लगा। वे अपने शिष्यों के साथ एक राज्य से दूसरे राज्य तक भटकते रहे। फिर वे लू लौट आए जहां उन्होंने अपने जीवन के अंतिम तीन वर्ष बिताए। उनकी मृत्यु 479 ईसा-पूर्व में हुई।

उनके प्रवचनों और वार्ताओं को उनके शिष्यों ने पुस्तक रूप में संग्रहित किया और यही पुस्तक अपने लेखक के बारे में प्रामाणिक जानकारी उपलब्ध कराती है। पिछले अध्याय में हमने *ऐतिहासिक अभिलेख* शीर्षक पुस्तक का उल्लेख किया है। उसके लेखक ताओवादी थे और इसलिए उन्होंने कन्फ्यूशियस के बारे में कुछ व्यंग्यात्मक बातें कही हैं। *लुन यू* (कन्फ्यूशियस की सूक्तियां) उनकी एकमात्र ऐसी पुस्तक है जो हम तक पहुंची है, गोकि अनेक दूसरी कृतियों, खासकर गीत-संग्रह *(शिह छिंग)*, ऐतिहासिक ग्रंथ *(शू छिंग)*, तथा वसंत और पतझड़ के दस्तावेज *(छुन छ्यू)* आदि के साथ भी उनका नाम जोड़ा जाता है। बाद के कालों में *च्व* संप्रदाय के यही छः ग्रंथ रहे हैं और इसी कारण उनको महान आचार्य के नाम से जोड़ दिया गया, बिना इस बात का खयाल किए कि चीन का पहला आचार्य खुद पहला लेखक न था। न

ही उनकी सभी शिक्षाएं उनकी अपनी हैं। *सूक्तियां* (सात : 1) में वे अपने को 'रचयिता नहीं, बल्कि संवाहक' बतलाते हैं। पर उनकी प्रमुख भूमिका एक अध्यापक की थी और वे शिष्यों के चयन में वर्ग-भेदों का कोई खयाल नहीं करते थे। सामंती नौकरशाही का अंग बनने के लिए आवश्यक प्रशासकीय शिक्षण पाने के वास्ते ऊंचे कुल में जन्म की कोई शर्त नहीं थी।

सामंती नौकरशाही व्यवस्था और सामाजिक न्याय के बीच तालमेल संभव है या नहीं, यह हमारे लिए विवाद का विषय हो सकता है पर कन्फ्यूशियस के लिए नहीं था। उनके प्रमुख सिद्धांत सामाजिकता के बारे में थे। अपने युग की सीमाओं से ऊपर उठने का प्रश्न उनके लिए कभी खड़ा नहीं हुआ क्योंकि वे सामंती व्यवस्था को सभी की आकांक्षाओं की पूर्ति में समर्थ समझते थे, शर्त यह है कि वे 'संत राजाओं के प्राचीन मार्ग' की ओर पलटें। जिस तरह सामंती राजे चओ सम्राट के अधीन थे, उसी प्रकार एक उच्चतर सत्ता के प्रति बेहिचक समर्पण कन्फ्यूशियस को अपने समय की सभी बुराइयों का रामबाण लगता था। और ये बुराइयां अनेक थीं जिनमें सबसे बड़ी बुराई, नीधम के शब्दों में कहें तो सभी स्तरों पर मानव जीवन के मूल्य में गिरावट थी। रजवाड़ों के बीच निरंतर युद्ध चलता रहता था और इससे मानव जीवन अराजकता का शिकार हो गया था। फिर भी सामंत कुलीनों का विलासमय जीवन बदस्तूर जारी था। इस दुखद स्थिति से द्रवित होकर आचार्य ने कुछ ऐसे भरेपूरे सिद्धांत विकसित किए जिनके व्यवहार से न केवल तनाव कम होता बल्कि जीवन भी जीने योग्य बनता। सामंती राजे और सरदार उस दर्शनशास्त्री के बताए मार्ग पर चले या नहीं, इसमें विवाद की पूरी गुंजाइश है। मगर जो बात संदेह से परे है वह यह है कि वह दार्शनिक अपनी बात कह रहा था और जीवन के कुछ ऐसे सिद्धांत प्रतिपादित करते हुए कुलीन सामंतों को फटकार लगा रहा था जो उनके तौर-तरीकों के लिए स्पष्ट तौर पर एक अजूबा थे।

कन्फ्यूशियस का मुख्य ध्येय एक संपूर्ण सज्जन (*चुन-त्ज़ू* या सुसंस्कृत) का विकास था। हिंसा या दंभ का परित्याग, अभिव्यक्ति में संजीदगी, और रुक्षता या अश्लीलता से मुक्त वाणी, ये ही तीन बातें हैं जिन्हें कोई भी *चुन-त्ज़ू* अधिक महत्व देगा। एक अध्यापक के रूप में कन्फ्यूशियस चाहते थे कि उनके शिष्य 'बहुमुखी व्यक्ति' हों, अर्थात् वे ज्ञान के सभी क्षेत्रों में पारंगत हों और इस प्रकार राजसत्ता तथा समाज, दोनों के लिए उपयोगी हों। कन्फ्यूशियस का विश्वास था कि पूरी जनता का कल्याण और आह्लाद ही राज्य का प्रमुख उद्देश्य है। इसके लिए वे उस वस्तु के व्यवहार की शिक्षा देते थे जिसे आमतौर पर शुभ माना जाए और जिसे प्राकृतिक नियम का अनुमोदन प्राप्त हो, न कि स्थापित कानूनों का जड़बद्ध पालन किया जाए। उन्होंने 'नामों के शुद्धीकरण' की अपनी अवधारणा के रूप में 'प्राकृतिक' क्या है, इसकी आंशिक व्याख्या की। इस अवधारणा के अनुसार प्रत्येक नाम से कुछ ऐसे लक्षण जुड़ जाते हैं जो स्वयं उसके लिए और उसके वर्ग के लिए आवश्यक होते हैं। नाम और वास्तविकता में

समन्वय लाना व्यक्ति और समाज के बीच तथा मनुष्यों और स्वर्ग के बीच सद्भाव की स्थापना का एक उपाय है। उदाहरण के लिए, शासक, मंत्री, प्रजा, पिता, पुत्र आदि नाम न केवल सामाजिक संबंधों के सूचक हैं बल्कि इनके साथ कुछ विशिष्ट उत्तरदायित्व और कर्तव्य भी जुड़े होते हैं। इनका पालन समाज को एक व्यवस्थित रूप देता है। प्रसंगवश इसका भी केंद्रीय महत्व है कि कन्फ्यूशियस ने उत्तरदायित्वों और कर्तव्यों को नए सिरे से पारिभाषित करने का कोई प्रयास नहीं किया बल्कि उन्होंने तत्कालीन सामाजिक सोपान की पृष्ठभूमि में प्रचलित मान्यताओं को ही स्वीकार किया।

व्यक्ति के सद्‌गुणों के संदर्भ में कन्फ्यूशियस सामाजिक अंतःसंबंधों के क्षेत्र में पड़ोसी के प्रति संपूर्ण प्रेम को सभी मूल्यों का निचोड़ मानते थे। इसका अर्थ यह है कि किसी को अपना मेहमान मानकर उसके साथ पूरी विनम्रता और मेहमाननवाजी से पेश आना, लोगों से इस प्रकार काम लेना गोया किसी महान धार्मिक कृत्य में उनसे सहायता ली जा रही हो, अर्थात् किसी से भी अन्यायपूर्ण ढंग से काम न लेना और किसी के लिए भी असंतोष की गुंजाइश न छोड़ना, आदि। इस पूरे विचार को एक सूक्ति में इस प्रकार व्यक्त किया गया है : "किसी के साथ भी ऐसा सलूक न करो जो तुम नहीं चाहते कि दूसरे तुम्हारे साथ करें।" इसकी और भी सकारात्मक अभिव्यक्ति का रास्ता यह है कि मानवीय सहृदयता *(चेन)* और सच्चरित्रता *(यी)* के गुणों को रेखांकित किया जाए। इसमें *यी* का अर्थ है किसी के व्यवहार के बारे में एक प्रकार का स्पष्ट आदेश। प्रत्येक व्यक्ति के लिए कुछ ऐसा होता है जो अपने-आपमें करणीय होता है क्योंकि नैतिक दृष्टि से उसे करना उचित होता है। कोई भी ग़ैर-नैतिक या परा-नैतिक विचार उसे न्यायिकता के गुण से वंचित कर देता है। इसके बजाए उसका चरित्र मुनाफाखोरी *(ली)* का हो जाता है जिसकी कन्फ्यूशियस ने कठोर निंदा की है। उनके शब्दों में, "श्रेष्ठजन *यी* को ग्रहण करते हैं, मगर तुच्छजन *ली* को ग्रहण करते हैं।"

अगर *यी* का जोर समाज में मनुष्य के कर्तव्यों के औपचारिक तत्व पर या 'व्यवहार की करणीयता' पर है, तो *चेन* का संबंध इन कर्तव्यों के तात्विक सत्व से है जो दूसरों के प्रति प्रेम में पाया जाता है। कन्फ्यूशियस के शब्दों में, "समाज में वही मनुष्य अपने कर्तव्यों का पालन कर सकता है जो सचमुच दूसरों से प्रेम करता है।" इस प्रकार *चेन* एक विशेष प्रकार का सद्‌गुण न होकर ऐसा सद्‌गुण है जिसमें दूसरे सभी सद्‌गुण समाहित हैं। सभी का विकास प्रत्येक व्यक्ति के विकास की एक जरूरी शर्त है, इस विचार को सैद्धांतिक स्तर पर बहुत पहले ही पूर्वलक्षित करते हुए *सूक्तियों* में कहा गया है :"*चेन* गुण से संपन्न मनुष्य वह है जो अपना अस्तित्व बनाए रखने के लिए दूसरों का अस्तित्व बनाए रखता है, और अपने विकास की इच्छा से दूसरों का विकास करता है।" *चेन* के व्यवहार का सकारात्मक पक्ष यही है जिसे *चुंगे* (दूसरों के प्रति शुद्धहृदयता) कहा जाता है। *चेन* के व्यवहार के नकारात्मक पक्ष को *शू* कहा जाता

है और इसे इस सूक्ति में अभिव्यक्त किया गया है कि "किसी के भी साथ ऐसा सलूक न करो जो तुम नहीं चाहते कि दूसरे तुम्हारे साथ करें।" इन सबका उनके युग की सामाजिक वास्तविकताओं से कितना घनिष्ठ संबंध है, यह तब स्पष्ट हो जाता है जब हम कन्फ्यूशियस की एक अन्य कृति *ली छी* (कर्मकांड अभिलेख) पर निगाह डालते हैं। इसमें 'महान ज्ञान' शीर्षकवाले पाठ में कहा गया है : "अपने से उच्चस्थ की जो बातें तुम्हें पसंद नहीं हैं उनका व्यवहार अपने से अधीनस्थ के साथ न करो।"

मगर व्यापकतर परिप्रेक्ष्य में देखें तो कन्फ्यूशियसवाद का विश्वास सृष्टि की ऐसी नैतिक व्यवस्था में है जिसमें *श्येन* (स्वर्ग) का राज्य चलता है। इसी का प्रतिरूप मानव समाज है जिसमें आदर्श मार्ग की स्थापना की जानी चाहिए। यह आदर्श मार्ग है, ताओ। हम आगे चलकर देखेंगे कि इस शब्द की अनेक अर्थच्छायाएं हैं। कन्फ्यूशियस की शिक्षाओं की हैरान कर देनेवाली विशेषता उस समय भी नजर आती है जब हम यह ध्यान में लाते हैं कि उनके सिद्धांतों का मूलतत्व है : व्यवस्था को बनाए रखना न कि उसमें उथल-पुथल पैदा करना। वे बहुत बढ़-चढ़कर यह बात कहते हैं कि किसी राजा या सम्राट की शक्ति का स्रोत जनता की इच्छा है जिसमें स्वर्ग की इच्छा या आदेश की अभिव्यक्ति होती है। किसी शासक की हत्या जरूरी नहीं कि एक गुनाह हो। जिस तरह हत्या *(शिह)* का कोई कानूनी औचित्य नहीं है उसी प्रकार वध का कोई कृत्य *(शा)* ऐसा भी हो सकता है जो कानूनी रूप से उचित हो। तो भी कन्फ्यूशियस ने जनता की तुलना घास से की है जिसे हवा चलने पर झुक जाना चाहिए। यह हवा वह सद्गुणसंपन्न वस्तु है जो उपलब्धियों से भरी होती है। जब यह पूछा गया कि ताओयुक्त लोगों की सहायता के लिए क्या ताओरहित लोगों को मार डालना चाहिए, तब कन्फ्यूशियस ने बहुत सफाई से यह वक्रोक्ति की : "आपका काम शासन करना है, वध करना नहीं। अगर आप शुभ की इच्छा करते हैं तो लोग भी अच्छे ही बनेंगे।" इसका निहितार्थ यह है कि अंततः शुभ का ही वर्चस्व होगा।

स्वर्ग के आदेश को *मिंग* कहा गया है और इसकी कल्पना एक सोद्देश्य शक्ति के रूप में की गई है। परवर्ती कन्फ्यूशियसवाद में समय के किसी विशेष क्षण में पूरी सृष्टि की दशाओं और शक्तियों को *मिंग* कहा गया है। किसी व्यक्ति के कार्यकलाप की सफलता का दारोमदार इन दशाओं से मिलनेवाले सहयोग पर है। मगर यह सहयोग प्राप्त कर सकना व्यक्ति के बस में नहीं है। तो इस प्रकार उसके सामने एक ही रास्ता बचता है कि जो कुछ करणीय है उसे वह करे और सफलता-असफलता की चिंता छोड़ दे। इस प्रकार कार्य करना ही '*मिंग* को जानना', अर्थात् विश्व के वर्तमान रूप में उसकी अपरिहार्यता को स्वीकार करना है। नैतिक रूप से व्यक्ति का कर्तव्य तो तभी पूरा हो जाता है जब वह उसे करता है। सफलता या असफलता का इससे कोई संबंध नहीं होता और बेहतर यही है कि उनका विचार ही न किया जाए।

एक बुनियादी सवाल जिसकी अनेक चीनी दार्शनिकों ने विवेचना की है, मानव स्वभाव की मूलभूत शुभता-अशुभता से संबंधित है। जैसा कि हम आगे देखेंगे, इसके

बारे में मेन्शियस और श्वन-जू के विचार एक-दूसरे के ठीक उल्टे हैं जबकि ये दोनों ही कन्फ्यूशियसवादी संप्रदाय के दार्शनिक हैं। पर यह विवाद तो आचार्य ने ही शुरू किया था जब उन्होंने कहा था कि "मनुष्य उत्तम आचरण के लिए ही बना है। अगर वह यही न करे और फिर भी जीवित रहे तो यह मात्र सौभाग्य का परिणाम होगा।"

दो सहस्राब्दियों से अधिक समय तक प्रबुद्धजन के मानस पर इस संप्रदाय का व्यापक प्रभाव पड़ा और चीनी दर्शन के लगभग सभी संप्रदायों पर इस इहलोकवाद की मुहर अंकित हो गई। उसका खास जोर सामाजिक नैतिकता को नियमबद्ध करने पर था जो "वह रास्ता दिखाए जिस पर चलकर मनुष्य समाज में प्रसन्नता और सद्भाव का जीवन बिता सकें।" ताओवाद की तरह कन्फ्यूशियसवाद भी हमेशा 'प्राचीन स्वर्णकाल' को महिमामंडित करता है और उसे ऐसा द्वंद्वमुक्त, व्यवस्थित, प्रशंसनीय काल मानता है जिसका अनुकरण ही वांछित उद्देश्य है। पर ताओवाद के विपरीत वह उस आदिम समूहवाद को ऐसा स्वर्णकाल नहीं मानता जिसमें प्रकृति से तादात्म्य का अर्थ प्रकृति की समझ और प्रकृति के अनुसार जीवन, दोनों थे। अतीत के मूल्यांकन में दोनों ही संप्रदाय रूमानियत का परिचय देते हैं, और दोनों का ही विचार है कि वर्तमान काल द्वंद्वयुक्त काल है। पर वास्तविकता को समझने के मामले में दोनों की प्रवृत्तियां भिन्न-भिन्न हैं। ज्ञान के प्रति कन्फ्यूशियस के दृष्टिकोण के बारे में कुछ शब्द इस बात को स्पष्ट कर देंगे। अपने शिष्य को उपदेश देते हुए आचार्य ने किसी भी समय विशेष में ज्ञान की सीमाओं को स्वीकार करने पर जोर दिया है और यह वैज्ञानिक कार्यकलाप के बारे में एक सुंदर आदर्शवाक्य है : "अगर तुम किसी वस्तु को जानते हो तो यह कहना कि तुम उसे जानते हो और अगर तुम किसी वस्तु को नहीं जानते तो यह स्वीकार कर लेना कि तुम उसे नहीं जानते, यही सच्चा ज्ञान है।" यहां किसी परिकल्पना को एक सिद्ध प्रमेय मानने का सवाल ही नहीं उठता। पर मनुष्य का अध्ययन सामाजिक मनुष्य के एक अंग के रूप में और प्रकृति से अंतःक्रिया करनेवाले के रूप में करना इस विचारसंप्रदाय के दायरे से बाहर था। कन्फ्यूशियस ने अपने शिष्य, फ़ान श्व को इस बात के लिए झिड़का कि वह कृषि और बागबानी सीखने का इच्छुक था और कहा कि शुभ आचार, न्यायोचित कर्म तथा गंभीर स्वभाव लोगों को आकृष्ट करने के लिए काफी थे। गोया कि लोगों को आकृष्ट करना वस्तुओं के ज्ञान का स्थानापन्न हो सकता हो! 'वस्तुओं की जांचपरख' का मुहावरा कन्फ्यूशियसवादी ग्रंथों में और खासकर चू शी की कृतियों में बारबार आता है, पर इसका तात्पर्य है, नैतिक आत्मविकास की प्रणाली और मानव-मन की क्रियाओं की समझ। किसी सच्ची वैज्ञानिक भावना या शुद्ध ज्ञान की तलाश से इसका कुछ लेनादेना नहीं है। कारण कि कन्फ्यूशियसवादी विचारकों के लिए ज्ञान नैतिक साध्य की प्राप्ति का साधन मात्र है।

इसलिए मानवीय सामाजिक जीवन पर बुद्धिसंगत और सौम्य ढंग से जोर देने के बावजूद इस संप्रदाय ने रहस्यमय और अज्ञेय के प्रति हर सरोकार का किसी न किसी ढंग

से विरोध किया। आचार्य का कथन था कि बुद्धि का अर्थ "जनता के बीच उत्तम आचरण और न्याय की स्थापना के लिए पूरी संजीदगी के साथ अपने स्व का परित्याग करना है और देवों और दानवों का सम्मान करते हुए भी स्वयं को उनसे दूर रखना है।" उन्होंने यह भी कहा कि "पक्षियों और पशुओं से संबंध जोड़ना असंभव है। अगर मैं मनुष्य के सामाजिक जीवन में भाग नहीं लूं तो फिर और यहां क्या है जिससे मैं खुद को जोड़ूं ? अगर दुनिया ऐसी ही होती जैसा कि इसे होना चाहिए था, तो मैं इसे बदलने की इच्छा नहीं करता।" दो-टूक शब्दों में इसका मतलब यह हुआ कि समाज की बुनियादों और उसके अंग-उपांगों को समझने की मगजमारी किए बिना ही उसे बदलने का प्रयास करना चाहिए। यह वह दृष्टिकोण है जिसके कारण अनेक समाज-सुधारक भीषण निराशा के शिकार हुए हैं।

इसी के साथ हमारा साबका कन्फ्यूशियसवाद की आदर्शवादी और यथार्थवादी, दो शाखाओं से होता है। इनके प्रतिपादक क्रमशः मेन्शियस और श्वन ज़ू थे। मेन्शियस मेंग खू (ई. पू. 374-289) का लातीनी नाम है जो कन्फ्यूशियस के महानतम शिष्य माने जाते हैं, हालांकि दोनों के बीच एक सदी से अधिक का अंतराल है। चओ राज्य (आज का शांतुंग) में जन्मे इस विचारक को दीक्षा कन्फ्यूशियस के पोते, ज़ू-सू ने दी। उन्होंने ही राज्य में अध्यापन कार्य किया। आगे चलकर वे दूसरे राज्यों में भी गए; यह आशा लेकर गए कि वहां के शासकों को अपनी शिक्षाओं से प्रभावित कर सकेंगे। सामंत सरदारों और राजाओं के साथ उनके विचारविमर्श ही उनकी सात पुस्तकों के मूल आधार हैं। इनमें अपने शिष्यों के साथ उनकी वार्ताएं भी शामिल हैं। आगे चलकर उनके ग्रंथ की गणना कन्फ्यूशियसवाद के चार प्रमुख ग्रंथों में होने लगी। जनता की सदिच्छा शासन का मूल तत्व है, इस जनतांत्रिक विचार के प्रतिपादन का श्रेय उन्हीं को जाता है। उनके विचार में राजसत्ता के प्रमुख तत्व महत्व के अवरोही क्रम में इस प्रकार हैं—जनता, भूमि और अन्न से जुड़ी आत्माएं, और शासक। वे कर्मकांडों, खासकर मात्र खोखली परंपराएं बनकर रह जानेवाले कर्मकांडों के मुखर आलोचक थे। वे इतने प्रगतिशील थे कि उन्होंने निरंकुश शासकों के खिलाफ विद्रोह के अधिकार को उचित ठहराया।

चीनी दर्शन में मनुष्य की मूलभूत अच्छाई का सिद्धांत मेन्शियस के नाम से ही जुड़ा हुआ है। मेन्शियस के समकालीन, काओ ज़ू का विचार था कि मनुष्य नैतिक दृष्टि से निर्गुण होता है और उसे समुचित प्रशिक्षण के द्वारा गुणशील बनाया जा सकता है, मगर ऐसे प्रशिक्षण के बिना वह नैतिक दृष्टि से नष्ट हो जाता है। इसके विपरीत मेन्शियस मानव स्वभाव को बुनियादी तौर पर शुभ की ओर उन्मुख मानते हैं जिसके कारण उसके संस्कार में आसानी होती है। उन्होंने मनुष्य के इस स्वभाव की उपमा जल की नीचे की ओर बहने की प्रवृत्ति से दी है। उन्होंने यह बात मानी कि 'मनुष्य के पाशविक पक्षों' को नियंत्रित न किया जाए तो वह अशुभ की ओर प्रवृत्त होगा। मगर मनुष्य की अंतर्निहित प्रकृति शुभ की प्रकृति होती है। उदाहरण के लिए, जब कोई व्यक्ति यह देखता है कि एक बच्चा कुएं के कगार पर खड़ा है और उसमें गिरने ही वाला है, तब उसकी सहज प्रतिक्रिया यह होती है कि वह

बच्चे को बचाए; और वह बिना यह विचार किए उसे बचाने दौड़ पड़ता है कि बच्चा किसका है या इससे खुद उसे क्या फायदा होगा। इसका कारण यह है कि मनुष्य के पास 'एक कोमल मन' होता है, ऐसा मन जो कष्ट नहीं सह सकता। यही वह दयाभाव है जो मनुष्य में अनिवार्यतः होता है। अन्य अनिवार्यतः उपस्थित भावनाएं हैं : उत्तम आचरण, औचित्य और प्रबुद्धता। ये चारों भावनाएं सभी मनुष्यों में 'चार अंगों' की तरह पाई जाती हैं। यही 'चार बुनियादी भावनाएं' जब पूर्णतः विकसित होती हैं तो 'स्थायी सद्गुण' बन जाती हैं।

मेन्शियस के राजनीतिक दर्शनशास्त्र का उद्गम इस सिद्धांत में है कि मानवीय संबंध और नैतिक सिद्धांत मनुष्य को पक्षियों और पशुओं से अलग करते हैं। राजसत्ता और समाज का उद्गम इन्हीं मानवीय संबंधों में है। यह दृष्टिकोण मोहीवादियों के दृष्टिकोण से भिन्न है जिनके अनुसार राजसत्ता का अस्तित्व तभी तक होता है जब तक वह किसी उद्देश्य की पूर्ति करती है। मेन्शियस और बाद के कन्फ्यूशियसवादी शासन के दो रूप मानते हैं; एक, जिसका शासन कोई *वांग* (संत राजा) करता है; और दूसरा, जिसका शासन कोई *फा* (योद्धा) करता है। *वांग* की शक्ति नैतिक होती है जबकि *फा* की शक्ति भौतिक। इस बात में उस शुद्ध सामंती दिमाग की बू आती है जो अपने से फौरन ऊपर के अधिकारी की निंदा करता है और शीर्षस्थ सामंत स्वामी का गुणगान करता है।

यह एक महत्वपूर्ण तथ्य है कि अपने काल की खेतिहर अर्थव्यवस्था की पृष्ठभूमि में मेन्शियस ने भूमिव्यवस्था का विकास किया। इसे 'कुआं और खेत की प्रणाली' कहते हैं जिसमें भूमि के समान वितरण की अपेक्षा की जाती है, संभवतः केवल भूस्वामियों के बीच। हर वर्ग-*ली* को नौ वर्गों में बांटा जाता है जिनमें हर वर्ग लगभग एक सौ चीनी एकड़ों का होता है। केंद्र में स्थित वर्ग को 'सार्वजनिक खेत' माना जाता है जिस पर उसके चारों ओर स्थित जमीनों के आठ कृषक सामूहिक रूप से खेती करते हैं। इस 'सार्वजनिक खेत' की उपज सरकारी खजाने में जाती है। मेन्शियस का विचार था कि जनता की उच्चतर संस्कृति के विकास के लिए एक ठोस आर्थिक व्यवस्था अपरिहार्य है, और अगर इसे ध्यान में नहीं रखा गया तो राजकर्म, जिसे *चुंग* और *शू* से संपन्न होना चाहिए, सर्वगुणसंपन्न न हो सकेगा।

मेन्शियस द्वारा विकसित दो अन्य धारणाएं भी ध्यान देने योग्य हैं। ये हैं : *श्येन मिन* और *हाओ वन चिह छि*। मेन्शियस के अनुसार, मनुष्य की नैतिक प्रकृति ब्रह्मांड के तात्विक सिद्धांत का प्रतिरूप है। स्वर्ग इस नैतिक ब्रह्मांड के अलावा कुछ भी नहीं। इसलिए स्वर्ग को जानने का अर्थ है कि समाज का नागरिक बनने के अलावा इस नैतिक ब्रह्मांड का भी नागरिक बना जाए। इस तरह का व्यक्ति, आदर्श व्यक्ति और *श्येन मिन,* अर्थात् स्वर्ग का नागरिक होता है। उसमें इस विचार की सिद्धि होती है कि 'हममें सभी कुछ परिपूर्ण है।' यही वह सूत्र है जो मेन्शियस के दर्शनशास्त्र में निहित रहस्यवादी तत्वों को व्यक्त करता है। मनुष्य की प्रकृति का

पूर्णतम विकास ही *हाओ चन चिह छि* है। यह वह व्यवस्था है जब 'महान सदाचार' के दर्शन होते हैं। इस अवस्था में स्व ब्रह्मांड से पूरी तरह एकाकार हो जाता है। मन का परिष्कार करनेवाले *ताओ*-सिद्धांत को समझना और सद्गुणों का संग्रह, ये ही इस महान नीतितत्व के विकास के दो पहलू हैं।

मेन्शियस की महत्वपूर्ण सीमा यह है कि वे मनुष्य को मूलतः शुभ-प्रवृत्त बतला चुकने के बाद अशुभ की ओर उसकी प्रवृत्ति के संभावित कारणों की पड़ताल नहीं करते। संभवतः सामाजिक और राजनीतिक कारणों से मेन्शियस को इतनी कुंठा हुई होगी कि उन्होंने ऐसे विश्लेषण और परिवर्तन के प्रयास नहीं किए। इसलिए अपने गुरु की तरह वे भी अमूर्त धारणाओं और मनोगत समाधानों से संतुष्ट होकर रह गए।

कन्फ्यूशियसवाद की यथार्थवादी शाखा के प्रमुख प्रतिपादक श्वन जू या श्वन छिंग (ई. पू. 298-238) थे। वे भी अपने पूर्ववर्ती मेन्शियस के मुकाबले सामंती व्यवस्था के कुछ कम समर्थक न थे बल्कि उन्होंने तो इस बात को कुछ और भी स्पष्ट ढंग से कहा कि राजा और प्रज़ा की अपनी-अपनी निर्धारित जगहें होती हैं। वे आधुनिक शांसी में चओ के निवासी थे। वे सामंती शासकों के दरबारों में आतेजाते रहे और उन्होंने लेखक और विचारक के रूप में ख्याति प्राप्त की। मेन्शियस के विपरीत उनकी मान्यता है कि मनुष्य मूलतः अशुभ की ओर उन्मुख होता है जबकि शुभ उसके लिए एक अर्जित गुण होता है। उनके विचार में, "शिक्षकों और कानूनों का सभ्यकारी प्रभाव और कर्मकांडों तथा न्याय का मार्गदर्शन" मनुष्य के पुनर्निर्माण के लिए अपरिहार्य है। फिर भी वे मनुष्य की महत्ता को कम नहीं करते और उनका दृढ़ विश्वास है कि मानव प्रयास के परिणामों में सभी कुछ शुभ और मूल्यवान होता है। वास्तव में मनुष्य स्वर्ग और पृथ्वी के साथ मिलकर एक त्रयी का निर्माण करता है। उन्होंने कहा कि "मनुष्य स्वर्ग के बारे में जो कुछ कर और सोच सकता है, अगर हम उसकी उपेक्षा करते हैं तो हम वस्तुओं की प्रकृति को समझ नहीं सकते।" उन्होंने तो प्रारब्ध *(मिंग)* का भी रुतबा घटा दिया और उसे एक संयोग बतलाया।

संस्कृति पर जोर देना उनके चिंतन की विशिष्टता है। प्रकृति की अनगढ़ सामग्री का परिष्कार संस्कृति द्वारा होता है। मनुष्य कोई 'बुनियादी भावना' या स्थायी गुण लेकर पैदा नहीं होता, जैसाकि मेन्शियस कहते हैं। वास्तव में वह युक्त होता है 'अशुभ की बुनियादी भावनाओं' (जैसे लाभ की इच्छा, ऐंद्रिक आनंद की इच्छा, आदि) से, मगर वह परिवर्तित हो सकता है। उसकी विशिष्टता इसी तथ्य में निहित है। श्वन जू के विचारों में नैतिकता का उद्गम सामाजिक संगठन में है जिसमें सहयोग और पारस्परिक सहायता अपरिहार्य हैं। यहां तक कि बैल या घोड़े जैसे प्राणियों पर स्वामित्व कायम करना सामाजिक संगठन में ही संभव है। इसलिए यह भी आचरण के कुछ नियमों के बिना फलफूल नहीं सकता। *ली* और *यी* ऐसे ही नियम हैं जिनमें *ली* कर्मकांडों और जीवन के पारंपरिक नियमों पर और *यी* सद्गुण और

नैतिकता पर आधारित हैं। उनके अभाव का परिणाम अव्यवस्था होती है। यह एक दिलचस्प बात है कि श्वन जू हर बात को सामाजिक दृष्टि से, सामूहिक हित की दृष्टि से देखते हैं। वे सटीक अर्थों में उपयोगितावादी दार्शनिक विचारोंवाले चिंतक नहीं थे, मगर उनके कुछ विचार उपयोगितावाद के नजदीक हैं। वे एक उल्लेखनीय बात यह कहते हैं कि मानवता के सिलसिले में मात्र स्त्री-पुरुष भेद ही 'प्रकृति-प्रदत्त' है। अन्य सभी भेद जैसे पिता-पुत्र, राजा-प्रजा, आदि मानवनिर्मित तथा सभ्यता और संस्कृति की उपज हैं। जो बात वे नहीं कहते वह यह है कि सभ्यता और संस्कृति के प्रतिमान कभी जड़ नहीं हो सकते। मगर फिर भी उन पर परवर्ती नव-कन्फ्यूशियसवादियों का कहर बरपा जो उन्हें धर्मद्रोही समझते थे।

श्वन जू की विचारप्रणाली में प्राकृतिक परिघटनाओं और मनुष्यों का, उनकी क्षमताओं के आधार पर, एक श्रेणीकरण पाया जाता है। इसे 'आत्माओं का सोपान' कहा गया है जिसमें जल और अग्नि का स्थान सबसे नीचे है क्योंकि वे मात्र *छी* (वायु) से युक्त हैं। उसके ऊपर पौधे आते हैं क्योंकि वे *शेंग* (जीवन) से युक्त होते हैं। उनके ऊपर पशुओं का स्थान है क्योंकि उनमें उपरोक्त दोनों तत्वों के अलावा *चिह* (प्रत्यक्ष की शक्ति) भी होती है। मनुष्य में इन सबके साथ-साथ *ई* (न्यायबुद्धि) भी होती है और इसलिए वह सभी सत्ताओं में सर्वश्रेष्ठ होता है। इस श्रेणीकरण के आधार पर ही तेरहवीं सदी ईसवी में दइ चिह ने यह दावा किया कि मनुष्य की अधिक मुखर सामाजिक प्रवृत्तियां उसकी निजी विशेषताएं होती हैं, जबकि उसकी समाजविरोधी प्रवृत्तियां वे तत्व हैं जिन्हें वह निम्नतर प्राणियों से ग्रहण करता है। इसलिए मनुष्य की अशुद्धता को दूर करना श्वन जू के विचार में परिवर्तन संबंधी प्रमुख कार्यभार होता है।

जैसाकि नीधम ने दिखाया है, आत्माओं के अस्तित्व से इनकार श्वन जू को अज्ञेयवादी बुद्धिवाद के बहुत करीब ले आता है, मगर वे वैज्ञानिक तर्कशास्त्र के विकास के कट्टर विरोधी भी थे। वे उन लोगों की कड़ी आलोचना करते हैं जो नमी के कारण जोड़ों में दर्द होने पर आत्माओं को प्रसन्न करना चाहते हैं और इसलिए उन्हें सूअर की बलि चढ़ाते हैं। इसी तरह वे उन लोगों की भी निंदा करते हैं जो मस्तिष्क-विज्ञान की तरह किसी का चेहरा-मोहरा देखकर उसका भविष्य बतलाने लगते हैं। मगर इसी के साथ वे इस विचार को भी स्वीकार नहीं करते कि प्रकृति चिंतन का एक विषय हो सकती है। इस बारे में उनका कहना था कि "मनुष्य को अनदेखा करना और प्रकृति के बारे में चिंतन करना ब्रह्मांड के तथ्यों को गलत ढंग से समझना है।" सारा ज्ञान और ज्ञानप्राप्ति के सारे तरीके अगर "सही और गलत, सत्य और असत्य, सुशासन और कुशासन में अंतर" न करा सकें तो वे अप्रासंगिक हैं। आखिरकार, "वे एक पतित युग के उच्छृंखल व्यक्तियों के चिंतन की श्रेणी में आते हैं" और "दस्तकार उनके बिना भी अच्छे दस्तकार हो सकते हैं।" एक दर्शनशास्त्री के रूप में श्वन जू में असीम क्षमताएं थीं, मगर सामंती दृष्टिकोण और मनुष्य के परिप्रेक्ष्य

की सामंती परिभाषा की जकड़ उनकी सीमाओं से स्पष्ट है । ये उपरोक्त क्षमताएं उनकी अनेक कृतियों में मौजूद उनकी उक्तियों से स्पष्ट हैं । इनमें से एक उक्ति इस प्रकार है : "ऐसा क्यों है कि लोग वर्षा के लिए बलि देते हैं तो वर्षा होती है ? इसका कोई कारण नहीं है । अगर वर्षा की प्रार्थना किए बिना वर्षा हो तो भी यही बात होगी । जब सूर्य या चंद्र को ग्रहण लगता है तो हम उन्हें बचाने के लिए पूजापाठ करते हैं । और जब कोई अहम मामला पेश हो तो हम कोई फैसला करने से पहले फ़ाल (शुभाशुभ) निकालते हैं । हम यह सब इसलिए नहीं करते कि हमें उनसे वांछित परिणाम प्राप्त होते हैं । ये तो मात्र औपचारिकताएं हैं । श्रेष्ठतर मनुष्य उन्हें मात्र औपचारिकताएं ही मानते हैं जबकि साधारणजन उन्हें पराप्राकृतिक शक्तियों से युक्त समझते हैं ।" यह इस बात का एक अच्छा उदाहरण है कि अंधविश्वासों में विश्वास न रखनेवाला व्यक्ति किस प्रकार किसी व्यावहारिक उद्देश्य के लिए अंधविश्वासों को गढ़ता है । श्वन जू का यह समझौतावाद सामंती नौकरशाही की देन है, जिसके आलोचक या विरोधी वे कत्तई नहीं थे ।

कन्फ्यूशियस के चार सदी बाद 195 ई. पू. में प्रथम हान सम्राट ने आचार्य के सम्मान में खुंग परिवार के मंदिर में कुर्बानियां दीं । इसके एक सदी से कुछ अधिक काल के बाद हान मिंग दी ने आदेश जारी किया कि देश के सभी विद्यालयों में उनके सम्मान में सरकारी तौर पर कुर्बानियां दी जाएं । शांतुंग में कन्फ्यूशियस के मकबरे पर बना मंदिर अत्यंत पवित्र स्थान बन गया । फिर तो जल्द ही हर नगर और कस्बे में कन्फ्यूशियस का एक मंदिर (वेन म्याओ) खड़ा हो गया । स्थानीय विद्वान इन मंदिरों के संरक्षक हुआ करते थे । इन मंदिरों में आचार्य और उनके शिष्यों की प्रतिमाएं स्थापित की गईं या फिर तख्तियों पर उनके नाम खुदवाकर लगवाए गए ।

मनुष्य के प्रमुख उद्देश्य के रूप में कन्फ्यूशियस ने आत्मसंस्कृति के विकास पर जोर दिया था । धर्म के बारे में उनके अपने ठोस मतभेद थे हालांकि दंडित मनुष्यों को जिंदा गाड़ने समेत अनेक धार्मिक प्रथाएं उनके बहुत पहले से प्रचलित थीं । उन्होंने न तो इनकी भर्त्सना की और न ही उन्हें सुधारने के प्रयास किए । उन्हें विश्वास था कि एक बेहतर समाज के बारे में उनकी उत्तम शिक्षाएं शीघ्र ही इन बातों पर असर डाल सकेंगी । मगर उनकी आशाओं के विपरीत वे और उनके सिद्धांत अंततः मनुष्य के मन को इस प्रकार प्रभावित करने के साधन बन गए कि उसका मन जड़ नहीं तो निष्क्रिय अवश्य बन जाए । इसी के साथ सामाजिक अराजकता के आदर्श समाधान के प्रति कन्फ्यूशियस का लगाव भी जड़ बनकर रह गया ।

आगे चलकर कन्फ्यूशियस की विचारप्रणाली में कुछ आध्यात्मिक विचार भी प्रवेश कर गए । *यी चिंग* या मात्र *यी* (परिवर्तन-ग्रंथ का परिशिष्ट) और *चुंग युंग* (माध्य का सिद्धांत) और *ली छी* (कर्मकांड ग्रंथ) का एक अध्याय तो खैर पहले से ही मौजूद थे । कन्फ्यूशियसवाद के आरंभिक अध्यात्मवाद का सारतत्व *ताओ* की अवधारणा में निहित है

जो ताओवाद में मौजूद *ताओ* की धारणा से बहुत भिन्न है। उदाहरण के लिए, ताओवाद ने ताओ को अनाम माना जबकि कन्फ्यूशियसवाद में यह नामधारी ही नहीं, बल्कि बहुलतापूर्ण भी है। ये (यानी *ताओ*) ऐसे सिद्धांत हैं जो ब्रह्मांड में वस्तुओं की प्रत्येक अलग श्रेणी का नियमन करते हैं। एक और उदाहरण लें तो यह वह तत्व है जिसके कारण कठोर वस्तुएं कठोर होती हैं मगर यह कठोरता अलग-अलग वस्तुओं की कठोरता से अलग है। इसी तरह, 'पितृत्व' जैसी कोई चीज भी होती है जिससे यह पता चलता है कि पिता को कैसा 'होना चाहिए।' यह धारणा कन्फ्यूशियस के यहां भी थी मगर मात्र एक नैतिक सिद्धांत के रूप में, आध्यात्मिक सिद्धांत तो यह बहुत बाद में ही बनी। वस्तुओं के प्रत्येक वर्ग के *ताओ* के अलावा एक *ताओ* सभी वस्तुओं के लिए भी है। पहला *ताओ* विशिष्ट और बहुलतापूर्ण *ताओ* है जबकि दूसरा सामान्य और एकत्वमय *ताओ* है। यही दूसरा *ताओ* सभी वस्तुओं के उत्पादन और रूपांतरण का नियमन करता है। किसी वस्तु के उत्पादन के लिए वह वस्तु चाहिए जो उसका उत्पादन कर सके। यह सामग्री जिससे उत्पादनक्रिया का आरम्भ होता है, सक्रिय और पौरुषेय तत्व यानी *यांग* है और वह वस्तु जो उत्पादित होती है निष्क्रिय स्त्रैण तत्व *यिन* है। वस्तुओं का उत्पादन इन्हीं *यांग* और *यिन* के संयोग से होता है। यह *यांग* और *यिन* की धारणा नई थी। जैसाकि हम आगे के किसी अध्याय में देखेंगे, परंपरागत धारणा इस धारणा से बहुत भिन्न थी। पहले की धारणा में हर वस्तु अन्य वस्तुओं के साथ अपने संबंधों के अनुसार *यांग* या *यिन* हो सकती है। मिसाल के लिए कोई पुरुष अपनी पत्नी के लिए तो *यांग* हो सकता है मगर अपने पितृ के संदर्भ में वह *यिन* है। मगर कन्फ्यूशियसवाद के आध्यात्मिक दृष्टिकोण से सभी वस्तुओं का उत्पादन करनेवाला *यांग* हमेशा ही *यांग* होता है और *यिन* यानी उत्पादित वस्तु मात्र *यिन* होती है। इस तरह *यांग* और *यिन* की ये धारणाएं निरपेक्ष धारणाएं हैं।

कन्फ्यूशियसवाद के इस चरण का एक और विशिष्ट सिद्धांत वस्तुओं के रूपांतरण को लेकर है। *परिशिष्ट* में इस बात पर जोर दिया गया है कि ब्रह्मांड की सभी वस्तुएं निरंतर परिवर्तन की प्रक्रिया में हैं। इसके अलावा ब्रह्मांड में जो कुछ भी घटित होता है वह चाहे प्राकृतिक हो या मानवीय, वह सब एक प्राकृतिक शृंखला का निर्माण करता है। उद्विकास की प्रक्रिया में हर वस्तु के साथ उसका निषेध संलग्न होता है और "वस्तुओं का कभी कोई अंत नहीं हो सकता।"

इस अध्याय की समाप्ति से पहले हम दो अन्य धारणाओं का उल्लेख करेंगे। इनमें एक है *चुंग* (यानी विश्व का आधार), और दूसरा है *हो* अर्थात् सद्भाव। *चुंग* वह तत्व है जो 'मात्र उचित' और 'सामयिक' है, जो समय विशेष के लिए उपयुक्त है। *चुंग* के अंतर्गत वर्जित भावनाओं का कोई उद्वेलन नहीं होता। *हो* 'विश्व का महामार्ग' है जहां भावनाएं उचित अनुपात में उद्वेलित होती हैं। *चुंग* और *हो* के एक बार स्थापित हो जाने पर "स्वर्ग और पृथ्वी की सही स्थितियां निश्चित हो जाती हैं और सभी प्राणियों का पालन-पोषण होता है।" भावनाओं पर लागू होनेवाली हर बात इच्छाओं, व्यक्तिगत आचरण, सामाजिक

संबंधों, आदि पर भी लागू होती है। इन सभी क्षेत्रों में भेदों का समन्वय सद्‌भावपूर्ण एकत्व में होता है, मगर यह एकत्व (यूनिटी) अनन्यता (आइडेंटिटी) या एकरूपता (यूनिफार्मिटी) यानी *थुंग* नहीं होता। व्यापक प्रकृतिवाले सद्‌भाव को सर्वोच्च सद्‌भाव कहा गया है। मानव संबंधों, नैतिक मूल्यों, आदि के संदर्भ में *ताओ* का व्यवहार ही आध्यात्मिक संस्कृति का निर्माण करता है जिसका ध्येय मनुष्य के कृत्य को पूर्णता प्रदान करना है। इसे *छेंग* (यानी व्यवहार में सच्चापन या वास्तविकता) कहा जाता है। यही वह वस्तु है जिसके द्वारा कोई अपनी प्रकृति का पूर्णतम विकास कर सकता है। चूंकि मनुष्य की प्रकृति मानव संबंधों का मात्र एक अंग होती है इसलिए स्वयं को पूर्ण बनाने का अर्थ पूरे मानव समाज में हर वस्तु को पूर्ण बनाने के व्यापक प्रयास भी हैं। *चुंग युंग* के पाठ में बोधि के *छेंग* मार्ग की जो बात कही गई है, उसका अर्थ यही है।

अध्याय 3

# ताओवाद

अगर कन्फ्यूशियसवाद को *च ब्या* (विद्वत संप्रदाय) कहते हैं तो ताओवाद को *ताओ- ब्या* (ताओ संप्रदाय) कहा जाता है। प्रकृति में अंतर्दृष्टि इस संप्रदाय की विशेषता है और *ताओ* का अर्थ 'मार्ग' है। इस संप्रदाय के तत्वज्ञान और सामाजिक दर्शनशास्त्र को अक्सर असत् की धारणा पर आधारित माना जाता है। चूंकि इसका जोर प्रत्येक व्यक्ति में अंतर्निहित प्राकृतिक सद्‌गुण *(द)* पर है इसलिए लाओ-जू या लाओ-त्से (कभी-कभी लाओ थान) द्वारा रचित मूल ताओवादी ग्रंथ को *ताओ द चिंग* भी कहा जाता है। लगभग प्रत्येक चीनी दार्शनिक *ताओ* को मनुष्य का मूल ध्येय मानता है मगर फिर भी *ताओ* शब्द से प्रत्येक संप्रदाय का अपना एक विशिष्ट अभिप्राय है। जैसाकि हमने देखा है, इस शब्द का कन्फ्यूशियसवादी अर्थ मार्ग है और उसमें ब्रह्मांड की गति के मार्ग, उसकी विधियों और प्रक्रियाओं, उसके व्यवहार और संचालन तथा नियमित रूप से पुनर्घटित होती रहनेवाली परिघटनाओं को रेखांकित किया गया है। मगर कन्फ्यूशियसवाद से अलग इस शब्द के जो अर्थ हैं उनमें आंतरिक आवेग, निर्दिष्ट मार्ग या आर्यमार्ग भी शामिल हैं। आर्यमार्ग का अर्थ नैतिक मार्ग है जिस पर मनुष्य को चलना चाहिए, या स्वर्ग द्वारा निर्दिष्ट वह मार्ग है जिसका अनुसरण उसे करना चाहिए। किसी वस्तु का अंतर्निहित सत्व, सारे अस्तित्व का मूलतत्व, वस्तुओं की व्यवस्था या प्राकृतिक व्यवस्था, सत्ता का मूलतत्व या वस्तुओं का मूलतत्व तथा वस्तुओं की गतिशील स्वतःस्फूर्ति भी इसके कुछ अन्य अर्थ हैं। कभी-कभी सार्वभौम सिद्धांत को भी *ताओ* कहा जाता है ।

*ताओ* शब्द के अर्थ भिन्न-भिन्न हैं, मगर इससे भी अधिक भिन्नता विभिन्न संप्रदायों द्वारा इसकी प्राप्ति के लिए बतलाए गए मार्गों में है। इस नुक्ते पर ताओवाद ने अन्य संप्रदायों से खुद को बहुत अधिक अलग रखा है। जहां तक कन्फ्यूशियसवाद का संबंध है, ताओवादी संप्रदाय उससे ठीक उलट है। समाज के प्रति दृष्टिकोण के बारे में दोनों का विरोध तो और भी मूलभूत है। ताओवादी दर्शनशास्त्री आदिम खेतिहर समूहवाद के स्वप्नदर्शी और समर्थक थे और इस कारण सामंती कुलीन वर्ग तथा व्यापारी वर्ग से उनका सीधा टकराव होता था। सामंती व्यवस्था के खिलाफ उनके राजनीतिक विरोध

की इससे अच्छी अभिव्यक्ति नहीं हो सकती, "जब भी शासक चिंताग्रस्त दिखाई देता है, जनता प्रसन्न और संतुष्ट होती है, और जब शासक जीवंत और आत्मतुष्ट नजर आता है, जनता नुक्ताचीनी करती है और असंतुष्ट होती है।" जो विद्वान सामंती कुलीन वर्ग का सैद्धांतिक औचित्य स्थापित करते रहते थे उनकी भर्त्सना एक संवाद में की गई है। अहम बात यह है कि इस संवाद में कन्फ्यूशियस को भी भागीदार दिखाया गया है। यह संवाद *च्वांग त्रू* नामक ग्रंथ में मिलता है, "बेशर्म लोग अमीर बन बैठते हैं और बातूनी लोग उच्च अधिकारी बन जाते हैं··· छोटे डाकू तो कैद में डाल दिए जाते हैं, मगर बड़े डाकू सामंत सरदार बन जाते हैं और इन्हीं सामंत सरदारों के दरवाजों पर न्यायप्रिय विद्वान बैठे मिलते हैं।"

शासक वर्ग से ताओवादियों के संबंध उपरोक्त उद्धरण से अच्छी तरह स्पष्ट हो जाते हैं। कन्फ्यूशियसवादी अपने निज के तथा शासकों के पारस्परिक लाभ के लिए दरबारों की शोभा बनते थे मगर ताओवादी दोनों की खिल्ली उड़ाते थे। उनका विरोध ठीक उन्हीं सामाजिक और राजनीतिक स्थितियों से था जिनसे कन्फ्यूशियसवादियों ने अपना तालमेल बिठा लिया था, मगर उनकी धारणा 'विद्वत संप्रदाय' की धारणा से एकदम अलग थी। वे मुखर वर्ग-विरोधी थे, जैसाकि *च्वांग त्रू* के इस उद्धरण से स्पष्ट है, "मैं यह नहीं चाहता कि मेरे शिष्य शासकों और साईसों के बीच के बेहूदा अंतर को समझें।" मगर ताओवादी संप्रदाय के समय के सामाजिक ढांचे में कौन-कौन से वर्ग मौजूद थे ? जैसाकि नीधम ने दिखाया है, ये वर्ग कांस्यकालीन सामंतवाद के वर्ग थे। यह ऐसा समाज था जो चीन से बाहर की किसी सामंती व्यवस्था के लिए कुछ-कुछ अनज़ाना था। इसे 'एशियाई नौकरशाही' कहा जाता है जिसमें सामंती वर्ग तथा विद्वतगण असहाय जनता के दमन में बराबर के सहयोगी थे। अन्य आरंभिक समाजों की तरह यहां भी मानसिक और शारीरिक श्रम के बीच गहरी खाई मौजूद थी। यही वह भेद था जिससे ताओवादी घृणा करते और जिसके खिलाफ आवाज उठाते थे। उनका उद्देश्य सामंती शासन को चिरस्थायी बनाने के लिए दार्शनिक किलेबंदी करना न था, बल्कि उससे भी परे किसी वस्तु को पाना था। यह आकस्मिक नहीं कि प्राचीन काल के उन सभी चीनी विद्रोहों के पीछे ताओवादियों का हाथ था जिनके कारण राजवंश आए और गए। इसी प्रकार विभिन्न राजवंशों के काल में राजाओं और युवराजों के खिलाफ चलनेवाले सभी आंदोलनों में भी उनका हाथ था। वास्तव में नौकरशाह प्रशासकों के बारे में पूरे चीनी इतिहास के दौरान एक मजाक प्रचलित रहा कि कन्फ्यूशियसवाद अधिकारसंपन्न विद्वान का *सिद्धांत* है और ताओवाद अधिकारच्युत विद्वान का *दृष्टिकोण*। मगर सच्चे ताओवादी यकीनन ही अधिकारों के कभी भूखे न रहे, हालांकि उनमें से कुछ ने कभी-कभी कुछ पद अवश्य संभाले। हम जल्द ही यह देखेंगे कि वे किस चीज से प्यार या किस चीज की चाहत करते थे। मगर जब उन्होंने यह देखा कि समाज में रहकर अपने आदर्शों को पाना-संभव

नहीं रहा है तो वे धीरे-धीरे रूढ़ितोड़क धार्मिक रहस्यवाद की ओर झुकते चले गए।

पहले के कबायली समाज में जीवन के जो प्रतिमान और जो सामाजिक ढांचा पाया जाता था, ताओवादी उसी की याद करते और उसी को पुनर्जीवित करने के प्रयास करते थे। वे पुराने या समकालीन ढांचों की जगह कोई भी नया ढांचा स्थापित करना नहीं चाहते थे। वे सामंतवाद-पूर्व के आदिम कबायली समाज अर्थात् 'महामार्ग के पतन' से पहले के समाज की ओर पलटना चाहते थे। यह वह काल था जब योद्धाओं, सरदारों, काश्तकारों, दस्तकारों, व्यापारियों, आदि के बीच कोई अंतर नहीं था। च्वांग-जू ने, जिनके बारे में हम आगे चलकर दो बातें कहेंगे, इसे इस प्रकार व्यक्त किया है : "अगर लोगों को जीवन कुछ रूखा-सूखा और चमक-दमक से हीन लगता है तो उन्हें सरलता के दर्शन कराओ और उनके हाथों में लकड़ी का अनगढ़ कुंदा थमाओ।" यह अनगढ़ कुंदा वर्गपूर्व अविभाजित समाज का ही रूपक है। च्वांग-जू के ही शब्दों में, "महानतम शिल्पी वह है जो सबसे कम काटछांट करता है" अर्थात् वर्गों में सबसे कम विभाजन करता है। इस प्रकार अविभाजित 'प्राकृतिक' जीवनदशा, सामूहिक जीवन का सद्गुण, शुद्ध सरलता की स्थिति उनके आदर्श हैं। जब वे अपने आदर्श समाज की शायराना तस्वीर खींचते हैं तो हर प्रकार की रोमानियत की तरह उनकी विचारधारा में भी अतीत का मोह शुरू से आखिर तक झलकता है। इस कारण अपने काल की सामंती वास्तविकता से तालमेल बिठा सकना उनके लिए सबसे दुष्कर कार्य था।

उनके मामले में बात सिर्फ अतीत की नहीं, बल्कि प्रकृति की ओर पलटने की थी। इस बारे में ताओवादी दृष्टिकोण को चीनी दर्शन संबंधी कृतियों में बहुत ही विकृत करके पेश किया जाता रहा है। कभी-कभी तो यहां तक कहा जाता है कि ताओवादी तो ज्ञान के विरोधी थे। इससे बढ़कर सफेद झूठ तो हो ही नहीं सकता। निश्चित ही उन्होंने 'बुद्धि को नष्ट करने' तथा 'ज्ञान का त्याग करने' की बातें कही हैं, मगर इससे उनकी मुराद कन्फ्यूशियसवादी नैतिक बुद्धिवाद से अर्थात् सामंती व्यवस्था की चाकरी में लगे ज्ञान से है। उनके लिए यथार्थ ज्ञान यह नहीं बल्कि प्रकृति का ज्ञान है जिसके बिना "मानव समाज का संघटन जिस प्रकार किया जाना चाहिए उस प्रकार उसे कभी भी संघटित नहीं किया जा सकेगा।" इसकी उपलब्धि का मार्ग क्या होगा, इसके बारे में उनकी कुछ ऐतिहासिक सीमाएं थीं पर उनके इरादों में कभी कोई कमी नहीं रही। वैज्ञानिक चिंतन के विकास में उनका योगदान असीम और चीन के इतिहास में अद्वितीय रहा है।

कन्फ्यूशियस ने *यिन चे* का जिक्र किया है, अर्थात् ऐसे लोगों का जो विश्व से पलायन करने के लिए खुद को दुर्बोध बना लेते हैं। ये वैराग्य लेनेवाले लोग व्यक्तिवादी हैं जो पद और अधिकार से अदूषित रहकर "अपनी निजी शुद्धता बनाए रखना चाहते हैं।" इसी के आधार पर यह परंपरागत दृष्टिकोण विकसित हुआ कि ताओवादी पराजयवादी लोग थे, जो यह मानते थे कि दुनिया को सही राह पर नहीं लाया जा सकता और इसलिए लोगों से दूर रहते थे। हम देख आए हैं कि यह तस्वीर कितनी

विकृत है और इसके बारे में आगे हम और भी कुछ कहेंगे। फिलहाल हम ताओवाद के दो चरणों की बात करेंगे जिनमें एक का प्रतिनिधित्व यांग चू और दूसरे का लाओ जू और च्वांग जू करते थे। इन दोनों के यहां दर्शनशास्त्र और धर्म का संयोग और उसमें प्रचीन जादू-विद्या के कुछ तत्वों का मिश्रण देखने को मिलता है। पंचतत्वों और *यिन* तथा *यांग* की कार्यपद्धतियों का वर्णन करते हुए प्रकृति और समाज के बारे में अमूर्त धारणाएं विकसित करना ताओवादी दार्शनिकों का प्रिय विषय रहा है। मगर रहस्यमय मंत्रों को लिखना और 'ड्रैगन आत्माओं' को वश में करने के लिए कर्मकांडी पूजापाठ करना ताओवादी जादूगरों का पेशा रहा है। इसका आधार यह विश्वास है कि भौतिक अमरत्व संभव है और इसके कारण कीमियागरी आदि की तकनीकें प्रचलित हुईं। इस तरह रहस्यवादी प्रकृतिवादी, वैरागी दर्शनशास्त्री और कबायली *शमण*-जादूगर ताओवाद के स्रोत रहे हैं।

यांग चू का काल चौथी सदी ईसा-पूर्व है। मेन्शियस ने उन्हें सुखवादी विचारों का प्रतिपादक कहा है मगर यह विशेषण उनके वास्तविक विचारों से अधिक उनके प्रति सत्ताधारी वर्ग की शत्रुता का सूचक है। विश्व-दर्शन के इतिहास में निश्चित ही यह कोई अकेला उदाहरण नहीं है। मेन्शियस 'हर व्यक्ति अपने लिए' के दृष्टिकोण को यांग चू के विचारों का प्रमुख तत्व बतलाते हैं। कहा गया कि 'वस्तुओं से घृणा और जीवन से प्रेम' इसी सिद्धांत की देन है। मगर यांग चू वास्तव में इतने घृणित नहीं हैं। वे जिस चीज से नफरत करते थे वह था सामंत वर्ग का राजनीतिक शासन। यह उनके द्वारा सामंतवाद-पूर्व व्यवस्था के समर्थन का स्वाभाविक निष्कर्ष था। उनके अनुसार जीवन इतना दमनरहित होना चाहिए कि राजनीतिक शासन व्यर्थ की वस्तु बनकर रह जाए। ल्ये-ज़्यू ने उनको निम्न विचार का प्रतिपादक बतलाया है, "हर शख्स अगर एक बाल भी तोड़ने को तैयार न हो, और हर शख्स दुनिया को अपने फायदे का जरिया मानने से इनकार कर दे तो फिर दुनिया में एक मुकम्मल व्यवस्था स्थापित हो जाए।" जब लाओ जू और च्वांग जू उनके जीवन संबंधी परिप्रेक्ष्य पर प्रकाश डालते हैं तब वे उनके साथ मेन्शियस के मुकाबले कहीं ज्यादा इंसाफ करते हैं। समाज में व्यक्ति के लिए प्रतिष्ठा और दंड एकसमान बोझिल होते हैं। किसी को योग्यता के कारण जो प्रतिष्ठा और फिर उसके कारण जो उपयोगिता प्राप्त होती है, उसका वैसा ही हाल होता है जैसाकि दालचीनी के उपयोगी पौधे का, यानी उसे काट दिया जाता है। शाहबलूत के पेड़ का कोई उपयोग नहीं, मगर ठीक यही बात उसके लिए सबसे उपयोगी होती है और उसका स्वतंत्र अस्तित्व बना रहता है। इस प्रकार 'उपयोगिताविहीन' होने का अर्थ है, उन व्यर्थ कार्यों से निर्लिप्त रहना जो खुद जीवन के मूल्य को कम करते हैं। च्वांग जू के शब्दों में, "विश्व सिर्फ उपयोगी की उपयोगिता को जानता है, मगर उसे निरुपयोगी की उपयोगिता का पता नहीं है।" जीवन का संरक्षण तथा (अपने व्यक्तित्व और प्रकृति को) क्षति पहुंचाने से बचना ताओवादी दर्शन के दो मूलाधार और प्रस्थानबिंदु हैं।

ब्रह्मांड में वस्तुओं के परिवर्तन के पीछे मौजूद नियमों को समझने का प्रयास लाओ जू ने किया है। वस्तुएं परिवर्तित होती हैं मगर स्वयं ये नियम अपरिवर्तित रहते हैं : इस विचार के कारण उन्होंने यह कहा कि अगर तमाम वस्तुओं से लाभान्वित होना है तो मनुष्य की क्रियाएं इन नियमों के अनुरूप होनी चाहिए। फिर भी मानव जगत में होनेवाले परिवर्तनों में अनेक अनदेखे तत्वों की मौजूदगी के कारण उसे क्षति पहुंच सकती है। वे हैरान होकर सोचते हैं कि क्या इस क्षति के स्रोत अर्थात् मानव काया से परे जाया जा सकता है। च्वांग जू ने अपना चिंतन इसी बिंदु से आरंभ किया और जीवन तथा मृत्यु की समता और 'स्व' तथा 'पर' के एकत्व का विचार विकसित किया। वे समझते थे कि विश्व से परे जा सकना इसी प्रकार संभव है। इस प्रकार ताओवादियों के लिए 'पलायन' का अर्थ समाज से भागकर कंदराओं में जा छिपना नहीं है जैसाकि कुछ लोग दांत निपोरकर कहते हैं, बल्कि व्यक्तित्व के एक दूसरे जगत में पदार्पण करना है।

स्वयं लाओ जू कें बारे में यह दंतकथा प्रचलित है कि अपने जीवन के आखिरी दिनों में वे पर्वतों में अलक्षित हो गए। इन अंतिम दिनों के बारे में कुछ भी स्पष्ट नहीं है। मगर यह बात एकदम स्पष्ट है कि चौथी सदी ई. पू. में हनान के एक कुलीन घराने का सदस्य होने के नाते जो वंशगत पद उन्हें प्राप्त हो रहा था उसे लेने से उन्होंने इनकार कर दिया था। यह 'बुजुर्ग गुरु' (प्रसंगवश, उनके नाम का अर्थ यही है) *छू* राज्य के रहनेवाले थे और उन्हें गलती से कन्फ्यूशियस का समकालीन कहा जाता है। उनकी कृति *ताओ द चिंग* (मार्ग एवं शक्ति का ग्रंथ) की रचना 300 ई. पू. से कुछ बहुत पहले नहीं हुई थी। इसलिए अगर लाओ कन्फ्यूशियस के बुजुर्ग समकालीन थे तो यह मानना चाहिए कि उनकी कृति परवर्ती काल में किसी अज्ञात व्यक्ति द्वारा परिशोधित रचना है।

ताओ का अर्थ तमाम बातों से पहले और सर्वोपरि प्रकृति की व्यवस्था या ब्रह्मांड की कार्यविधि है। इसका दूसरा अर्थ मानव समाज के अंदर रहकर जीने का सही ढंग है। इसको अक्सर विरोधाभासों के द्वारा स्पष्ट किया जाता रहा है। उदाहरण के लिए, इसे च्वांग-जू द्वारा इस प्रकार स्पष्ट किया गया है : "इसका अस्तित्व स्वर्ग और पृथ्वी से पहले बल्कि अनादिकाल से रहा है। इसी ने देवताओं को देवत्वयुक्त बनाया और विश्व का सृजन किया। यह शीर्ष बिंदु से भी ऊपर है, मगर ऊंचे नहीं है। यह अधो बिंदु से भी नीचे है मगर नीचे नहीं है। यह स्वर्ग और पृथ्वी से भी प्राचीन है मगर प्राचीन नहीं है। यह प्राचीनतम से भी पुराना है मगर पुराना नहीं है। यह अनाम है तथा आकृतियों और विशेषताओं से परे है, पर साथ ही इसी के कारण हर नामधारी वस्तु का अस्तित्व है। यह शाश्वत है और अनगढ़ कुंदा है। एक बार यह कुंदा तराश दिया जाए तो नाम पैदा हो जाते हैं" (जैसे, शासक, योद्धा, आदि)। इसे शब्दों में व्यक्त नहीं किया जा सकता मगर चूंकि इसे किसी न किसी रूप में बतलाया जाना है इसलिए

इसे *ताओ* कहा जाता है। यों सच पूछें तो कोई नाम नहीं है क्योंकि उसका कोई लक्षण नहीं है। यह तमाम शुरुआतों की शुरुआत है और इसने हर वस्तु की शुरुआत देखी है। सत् वह है जो अस्तित्व में आता है और ऐसी अनेक वस्तुएं हैं। उनके अस्तित्व में आने का अर्थ यह है कि सबसे पहले कहीं कोई सत्ता होती है, तार्किक अर्थ में। यह सत्ता कोई वस्तु न होकर एक प्रक्रिया होती है।

इस प्रकार हम सत्ता, असत्ता, नामधारी और अनाम की धारणा तक पहुंचते हैं। स्वर्ग और पृथ्वी और सभी वस्तुएं नामधारी *(यू-मिंग)* हैं। अनाम *(वू-मिंग)* तो *ताओ* है। "विश्व की सभी वस्तुएं सत्ता *(यू)* से अस्तित्व में आती हैं और यह सत्ता असत्ता *(वू)* से अस्तित्व में आती है।" सत् अनेक हैं पर सत्ता केवल एक है, अर्थात् वह प्रक्रिया जिससे सभी वस्तुएं अस्तित्व में आती हैं।

च्वांग जू के विचार में लाओ जू के प्रमुख विचार *थइ यी* (महत्), सत्ता, असत्ता, और अविकारी हैं। *ताओ* ही महत् है क्योंकि अन्य सभी वस्तुएं इसी से उत्पन्न होती हैं। अविकारी *(छंग)* इस अर्थ में शाश्वत है कि परिवर्तन को संचालित करनेवाले नियम स्वयं परिवर्तित नहीं होते। परिवर्तन को संचालित करनेवाले नियमों की खास विशेषता यह है कि "जब कोई वस्तु किसी अति पर पहुंचती है तो वहां से फिर पलट आती है।" दूसरे शब्दों में, अति के गुणों के विकास के साथ कोई वस्तु हमेशा ही अपने विपरीत में परिवर्तित हो जाती है। लाओ जू जब कहते हैं कि 'प्रत्यावर्तन ताओ की गति है' तो उनका अभिप्राय यही है। च्वांग जू ने इसकी व्याख्या ऐसे वक्तव्यों के द्वारा की है जो विरोधाभासी लगते हैं, पर वास्तव में इस नियम को स्पष्ट करते हैं। उदाहरण के लिए, "तूफान कभी पूरी सुबह नहीं चलता, और न ही वर्षा कभी पूरे दिन होती है।" जो कुछ स्वयं में एक अति है, वह सापेक्ष ही रहती है क्योंकि सभी परिस्थितियों में सभी वस्तुओं के लिए कोई निरपेक्ष सीमा नहीं होती। लाओ जू के विचार में, "अविकारियों को जानना ही बोधत्व है।"

यह बात ध्यान से नहीं उतरनी चाहिए कि ये सभी बातें प्रकृति के नियमों के संदर्भ में कही गई हैं। ताओवादियों ने प्रकृति की एकता पर जोर ही नहीं दिया और उससे आदिम अविभाजित समाज-व्यवस्था के पक्ष में राजनीतिक निष्कर्ष ही नहीं निकाले, बल्कि उसको मनुष्य के आचरण के नियमन का संदर्भ बिंदु भी बनाया। बोधत्व की प्राप्ति का वास्तव में यही अर्थ है। मगर मानवीय गतिविधियों पर विचार करते समय केवल व्यक्ति और मानव समाज पर ही ध्यान देना काफी नहीं है। आखिरकार मानवता से अलग मानवीय मानदंडों की कोई प्रासंगिकता नहीं होती और प्रकृति में बहुत कुछ ऐसा है जो मानवता से परे है। यही कारण है कि कन्फ्यूशियसवादियों के विपरीत ताओवादियों के लिए नैतिकता दर्शनशास्त्र का आदि और अंत नहीं है। ताओवादी प्रकृति के प्रति जिस दृष्टिकोण की पैरवी करते हैं, वह उसके खिलाफ जाने या उससे टकराने का नहीं बल्कि उसे समझने और उसके अनुरूप व्यवहार करने का दृष्टिकोण है। एंगेल्स ने उन्नीसवीं सदी में बहुत संक्षिप्त और सटीक शब्दों में जो विचार व्यक्त

किया कि 'आवश्यकता की पहचान ही स्वतंत्रता है', उसको बीज रूप में यहां देखा जा सकता है। जीवन की सभी परिघटनाओं (फेनोमेना) की प्रकृतिवादी व्याख्या में गहरा विश्वास और सभी परिघटनाओं के कारणों की पहचान का नारा प्रकृति संबंधी इसी धारणा से उपजे हैं। *ल्च शिह छ्वन छ्यू* में (जिसका प्रथम भाग 239 ई. पू. में पूरा हुआ था) यह कहा गया है कि सभी परिघटनाओं के कारण होते हैं और "अगर किसी को इन कारणों का ज्ञान नहीं है तो मुमकिन है कि (तथ्यों के बारे में) वह सही हो मगर यह गोया कुछ भी न जानने के समान है और अंत में वह व्यक्ति हैरान ही होगा।" यही सिद्धांत मानव समाज की घटनाओं पर भी लागू होता है। यह प्रयोजनवाद के सामान्य सिद्धांत का निषेध है। लाओ जू ने बारह साल के एक लड़के की कहानी कही जो छ्वी राज्य के थ्येन से एक दावत के समय यह कहता है कि अगर मनुष्य का सृजन मच्छरों और चीतों के लाभार्थ नहीं हुआ है तो मछलियों और शिकार के जानवरों का सृजन भी मनुष्य के लाभार्थ नहीं हुआ है। "ऐसा केवल आकार, शक्ति या काइयांपन के कारण ही होता है कि एक प्रजाति दूसरे को वश में करती है या एक दूसरे को अपना निवाला बनाता है।"

ताओवादियों का कारणत्व का सिद्धांत भी गौरतलब है और यह सिद्धांत गहन प्रेक्षण और निगमन विधियों पर आधारित है। जादू, भविष्य-वर्णन और विज्ञान अनेक प्राचीन विचारप्रणालियों में गड्डमड्ड हुए हैं सो वे ताओवाद में भी हैं। यह एक महत्वपूर्ण बात है कि ताओवादी मंदिर को *क्वान* कहा जाता है जिसका अर्थ है प्रेक्षणस्थल। उसे दूसरे मंदिरों की तरह *स्सू* या *म्याओ* नहीं कहा जाता। ताओवादियों के लिए प्रेक्षण "मन की शांति पाने का एक साधन है, वह शांति जो मानव समाज की कमजोर संरचना के चारों ओर मौजूद और उसे प्रभावित करनेवाले प्राकृतिक जगत के भयावह घटनाक्रम के बारे में किसी सिद्धांत या परिकल्पना के प्रतिपादन से प्राप्त होती है, चाहे वह तदर्थ ही क्यों न हो।" इस मानसिक शांति को *चिंग शिन* कहते हैं। व्यक्ति के विशिष्ट संदर्भ में यह शांति बुद्धिमत्ता का रूप धारण करके आती है जिसके प्रमुख लक्षण दब्बूपन, विनम्रता और संतुष्टि हैं। लाओ जू के शब्दों में : "संतुष्ट कैसे हों, इसे जानना अपमान से बचना है; कहां रुकना है, इसे जानना क्षति से बचना है।" अ-क्रिया *(वू-वेइ)* जो 'अन-किए को करने' के अर्थ में एक सकारात्मक धारणा है, क्रिया की ताओवादी धारणा है जिसमें बनावट और मनमानी के बजाए स्वाभाविकता और स्वतःस्फूर्ति पर जोर दिया जाता है। ताओ वह मार्ग है जिससे वस्तुएं अस्तित्व में आती हैं और हर वस्तु सार्वभौम *ताओ* (जिसे *द* कहते हैं) से कुछ न कुछ प्राप्त करती है। (*द* वह है जिससे कुछ वस्तुएं वैसी बनी हैं जैसी कि वे हैं।) इसका एक नैतिक और एक गैर-नैतिक अर्थ—दोनों है, यानी किसी वस्तु की अंतर्निहित शक्ति, या गुण। किसी वस्तु का *द* वही है जो वह स्वाभाविक रूप में है। *द* के सिद्धांत का अनुसरण करनेवाला जीवन ही शुभ और अशुभ के अंतर

से परे जा सकता है। इस प्रकार कन्फ्यूशियसवाद के *चेन* और *यी* के सिद्धांत ताओवाद की दृष्टि से अप्रासंगिक हैं क्योंकि वे तभी सामने आते हैं जब व्यक्ति में *ताओ* और *द* भ्रष्ट हो जाते हैं। यहां दूसरे शब्दों में यह बात कही जा रही है कि स्वाभाविकता को त्याग देने पर ही शुभ और अशुभ के अंतर जन्म लेते हैं। इच्छाओं की पूर्ति के द्वारा प्रसन्नता पाने की कोशिश करने का विपरीत परिणाम ही निकल सकता है जबकि इच्छाएं बढ़कर जितनी आवश्यक हैं, उससे अधिक हो जाती हैं। थोरो ने सरलता का जो वर्णन किया है, लगभग उसी अर्थ में सरलता यहां जीवन का वांछनीय सिद्धांत बनकर सामने आती है। इसे *पू* कहते हैं। लाओ जू ने इसका वर्णन इस प्रकार किया है : ''व्यक्ति के पास जो कुछ है उससे संतुष्ट कैसे रहे, यह न जानने से बढ़कर विनाश कुछ भी नहीं है, और परिग्रह की इच्छा से बड़ा कोई पाप नहीं है।''

राजनीति के क्षेत्र में इसका अर्थ यह है कि आदर्श राज्य वह नहीं है जहां कोई संत राजा जनता की भलाई के काम करता हो, जैसाकि कन्फ्यूशियसवादी मानते हैं, बल्कि वह है जहां शासक ''अपने कर्म के फल को अनकिया करता हो या कोई कर्म न करता हो।'' अ-क्रिया के साथ शासन चलाने के लिए उसे चाहिए कि वह विश्व से कष्ट के कारणों को नष्ट करे और उससे इसी बात की आशा भी की जाती है। लाओ जू का कहना है कि *''ताओ* हमेशा ही कुछ नहीं करता और फिर भी ऐसा कुछ नहीं जो न हुआ हो।'' यह अक्रियामय शासन भी प्राचीन कबायली जीवन की याद दिलाता है जिसमें महत्व रक्तसंबंधों का था, न कि राजशाही का। इसी के साथ हम फिर *वू-वेइ* की धारणा पर पहुंचते हैं जिसका अर्थ निष्क्रियता नहीं है बल्कि, जैसाकि नीधम ने बतलाया है, 'प्रकृति-विरुद्ध कार्यों से बचना है।' आगे वे यह भी जोड़ देते हैं कि *वू-वेइ* की धारणा के गहरे स्रोतों में से एक स्रोत आदिम कृषक जीवन की अराजक प्रकृति में हो सकता है : पौधों का श्रेष्ठतम विकास तब होता है जब मानव का हस्तक्षेप न हो और मनुष्यों का श्रेष्ठतम विकास तब होता है जब राज्य का हस्तक्षेप न हो।'' इसलिए प्रकृति के विरुद्ध कार्यों से बचने का अर्थ वास्तव में ''वस्तुओं की मूल प्रकृति के विरुद्ध जाने से बचना है। पदार्थ जो काम नहीं कर सकते उनसे वे काम लेने से बचना है, मानव-व्यवहार में बल के प्रयोग से बचना है, जबकि अंतर्दृष्टिसंपन्न व्यक्ति यह देख सकता है कि इसका अंत विफलता में होना निश्चित है और जबकि समझाने-बुझाने के विनम्र उपायों के प्रयोग से या वस्तुओं को अपनी राह चलने कीं छूट देकर ही वांछित परिणाम प्राप्त किए जा सकते हैं।'' अपनी इस बात के समर्थन में वे *हवाई नान जू* से एक उद्धरण देते हैं जिसके अनुसार *वू-वेइ* का अर्थ यह है कि ''कोई भी व्यक्तिगत पूर्वग्रह (या व्यक्तिगत इच्छा) *ताओ* में हस्तक्षेप न करे और कोई भी इच्छा या लगाव तकनीकों को उनकी सही राहों से न भटकाए। बुद्धि (*ली*) को क्रिया (*शिह)* का मार्गदर्शन करना चाहिए ताकि शक्ति का प्रयोग वस्तुओं के आंतरिक गुणों और उनकी

स्वाभाविक प्रवृत्तियों के अनुसार हो।"

लाओ जू की एक उक्ति इस प्रकार है कि "जब ज्ञान और बुद्धि का उदय हुआ तभी भारी तामझाम का आरंभ हुआ।" इससे आमतौर पर यह अर्थ लगाया जाता है कि ताओवादी ज्ञान के बारे में अविश्वासी और उसके निंदक थे। इस पाठ में 'दिमाग के खाली होने और पेट के भरे जाने' की बात भी कही गई है। इस कथन को एक तरह के गैर-जिम्मेदाराना, घोर भौतिकवाद की पहचान बता देना आसान है। मगर यह अज्ञान की प्रशंसा तो कतई नहीं है बल्कि प्राकृतिक परिघटनाओं के बारे में पूर्वनिर्धारित धारणाओं से बचना और उनकी जगह धनधान्य की ओर ले जानेवाले प्रकृति के सच्चे ज्ञान को प्रस्थापित करना है। तेरहवीं सदी के अंतिम भाग में लिन चिंग-शी ने इसकी व्याख्या इसी प्रकार की थी।

अब *द* की ओर पलटें। यह प्रकृति के घनिष्ठ संपर्क में अस्तित्वमान आरंभिक कबायली जीवन की आदिम शुद्धता का महिमामंडन लगता है। इसके अर्थ का कुछ और विस्तार करें तो इसमें बचकानी मासूमियत का वह गुण भी आ जाएगा जब "हमारे बचपन में स्वर्ग हमारे ही चारों ओर होता है" जैसी शायराना उक्तियों में व्यक्त हुआ है। मानव-व्यक्तित्व का यही वह पहलू है जिसकी प्रशंसा ताओवाद में की गई है।

प्रकृति के प्रेक्षण के विचार को च्वांग ज़ू ने और आगे बढ़ाया। उनका कथन है कि प्रकृति मानव समाज में चलनेवाले तुच्छ रगड़ों-झगड़ों से परे जाने का साधन है। "अंधकार में और दिन के अनेक प्रकार के आनंदरहित प्रकाश में जबकि चिड़चिड़ेपन का कोई लाभ नहीं रह जाता और दुनिया की चिंताएं दिल की धड़कनों को छूने लगती हैं" तब वर्ड्सवर्थ प्रकृति की ओर मुड़ता है। ठीक वैसे ही रोमानी स्वर में च्वांग जू ने प्रकृति के साथ संसर्ग को समाज की बुराइयों से मुक्ति पाने की रामबाण दवा बतलाया है। लेकिन उनके चिंतन में भावुकता की वह अति नहीं पाई जाती जो रूसो और वर्ड्सवर्थ की रोमानियत की विशेषता है। च्वांग चओ के एक अन्य नाम से जाने जानेवाले च्वांग ज़ू (369-286 ई. पू.) मंग राज्य के रहनेवाले थे जो आज के शांतुंग और हनान प्रांतों की सीमाओं पर स्थित था। उन्होंने एक घोर तपस्वी का जीवन बिताया और जब छू राज्य के शासक वेइ ने उन्हें अपने राज्य में एक महत्वपूर्ण राजनीतिक पद देने का आश्वासन देकर निमंत्रित किया तो उन्होंने जवाब में यह कहा कि "... चले जाओ और मुझे भ्रष्ट न करो ... मैं अपनी स्वतंत्र इच्छा का आनंद लेना बेहतर समझता हूं।"

मेन्शियस का समकालीन यह दार्शनिक सामंत सरदारों और उनके बुद्धिजीवी समर्थकों यानी कन्फ्यूशियसवादियों का बहुत कड़ा आलोचक था। उनकी तर्रारी से भरी भर्त्सनाएं उस भीषण कठोरता की सही तस्वीर पेश करती हैं जिससे उनके काल का समाज ग्रस्त था। उनकी उक्तियों में से एक यहां उद्धृत है : क्या वे लोग जिनको बड़े भोंडे ढंग से प्रबुद्धजन कहा जाता है, महाचोरों के लिए धन उगाहनेवाले मात्र नहीं हैं ? और क्या वे लोग जिन्हें संत समझा जाता है, महाचोरों के हितों के रक्षक मात्र नहीं हैं ? — एक व्यक्ति अपने

कटिबंध के लिए एक बक्सुआ चुराता है और उसे मौत के हवाले कर दिया जाता है; मगर दूसरा एक पूरा-का-पूरा राज्य ही चुरा लेता है और वह उसका शासक बन बैठता है। और ये ही वे शासक हैं जिनके दरवाजों पर हमें विनम्रता और सच्चरित्रता के (बहुत जोरदार ढंग से) उपदेश दिए जाते हैं··· क्या यह चोरी ही विनम्रता और सच्चरित्रता, साधुता और बुद्धिमत्ता नहीं है ? इस प्रकार वे महाडाकू बनने की केशिशें करते हैं, पूरे-के-पूरे राज्य उड़ा ले जाते हैं, विनम्रता और सच्चरित्रता की चोरी करते हैं और साथ ही छोटे-बड़े मपनों, बाटों और गजों, फीतों और मुहरों के उपयोग से होनेवाले सारे लाभ भी चुरा ले जाते हैं··· इसलिए अगर 'साधुता' और 'बुद्धिमत्ता' को समाप्त किया जा सके तो महाडाकुओं का उदय होना बंद हो जाए।" इसका तार्किक परिणाम यह है कि ताओवादी हमेशा ही जनता के साथ होते थे न कि कन्फ्यूशियसवादियों की तरह शासकों के साथ। इसे ही लाओ जू ने इस प्रकार व्यक्त किया है : "इस तरह के लोग संसार में जनता के घनिष्ठ संपर्क में और उनके साथ कदम-ब-कदम रहते हैं।" इसमें च्वांग जू ने यह बात जोड़ी : "जो निम्न है और भूला जाना चाहिए वह पदार्थ है। जो विनम्र है मगर फिर भी जिसका अनुसरण किया जाना चाहिए वह जनता है।"

ताओवादी जिस आदिम समूहवाद के आकांक्षी थे, उसका जितना विस्तृत विवरण च्वांग जू की कृतियों में मिलता है, उतना पूरे ताओवादी साहित्य में और कहीं नहीं मिलता। वे उस काल की प्राकृतिक स्वाधीनता को जीवन का प्रिय मूल्य बतलाते हैं। यह संभव ही नहीं है कि उनके पूरे दृष्टिकोण में इस स्वर पर ध्यान न जाए और यही स्वर आरंभिक वैदिक साहित्य में भी प्राप्य होने के कारण बहुत ही परिचित स्वर लगता है। अतीत के मातृसत्तात्मक समाज को वे लुप्त गौरव की भावना के साथ याद करते हैं। "वे अपनी माताओं को तो जानते थे पर अपने पिताओं को नहीं जानते थे।" यह एक दिलचस्प बात है कि कुछ विद्वान इस प्रकार के उद्धरणों को किसी रहस्यवादी अर्थ से परिपूर्ण मानते हैं। इन विद्वानों के विचार में आदिम समूहवाद के विनाश के बाद की लूट-खसोट में शामिल होने के कारण कन्फ्यूशियसवादियों और मोहीवादियों की जो घनघोर निंदा च्वांग जू ने अन्यत्र की है, उसकी चोट को कम करने के लिए ही उन्होंने उपरोक्त बातें कही हैं। च्वांग जू की भर्त्सनापूर्ण वाणी का एक नमूना और देखें : "और अब जबकि मुर्दों की लाशें एक-दूसरे का तकिया बनाए चारों ओर पड़ी हैं, अपने कटहरे अपनी गरदनों में डाले हुए कैदी* भीड़ में एक-दूसरे को धक्का दे रहे हैं और चारों ओर मृत्युदंड-प्राप्त 'अपराधी' नजर आते हैं, तब कन्फ्यूशियसवादी और मोहीवादी इधर-उधर दौड़भाग में लगे हैं और अपनी आस्तीनें झटक रहे हैं और बेड़ियों में जकड़ी भीड़ के बीच अपने हाथ नचा रहे हैं। अफसोस कि वे नहीं जानते कि शर्म क्या है और झेंपना किसे कहते हैं !" इस तीखी और भावनापूर्ण भर्त्सना

---

*चीन में अपराधी की गरदन लकड़ी के एक ढांचे में फंसा दी जाती थी। यही ढांचा कोड़े मारने, आदि के लिए चलते-फिरते कटहरे का काम भी करता था।

की तारीफ तो हम करेंगे, पर यह भी बतला देना उचित है कि यह कुछ गलत निशाने पर चलाया गया तीर है। प्राचीन चीन में सदियों के कालक्रम में जो सामाजिक, आर्थिक और राजनीतिक परिवर्तन घटित हुए थे, उनके लिए कन्फ्यूशियसवादियों और मोहीवादियों को जिम्मेदार ठहराना गलत होगा। उनके खिलाफ कुल जो बात कही जा सकती है वह यह है कि ताओवादियों के विपरीत उन्होंने इन परिवर्तनों को बिना किसी हुज्जत के स्वीकार कर लिया था और वे नई व्यवस्था के साथ तालमेल बिठाने के इच्छुक थे।

यह आश्चर्य की बात नहीं होगी, अगर हम यहां आकर यह सोचने लगें कि क्या च्वांग जू सही अर्थों में दर्शनशास्त्री थे या वे ऐसे राजनीतिक दर्शनशास्त्री और समाजशास्त्री थे जो कभी-कभी भटककर दर्शनशास्त्र के क्षेत्र में पहुंच जाता हो। कुछ भी हो, उनके कारण दर्शनशास्त्र के परंपरागत सिद्धांतकार बहुत-सी परेशानियों के शिकार हुए हैं। तो भी दार्शनिक चिंतन के क्षेत्र में उनका अपना योगदान रहा है। उदाहरण के लिए वे दृष्टांतों की सहायता से यह तर्क देते हैं कि प्रसन्नता की विभिन्न कोटियां होती हैं जिन्हें स्वभाव के मुक्त विकास के द्वारा प्राप्त किया जा सकता है। अगर कोई सापेक्ष प्रसन्नता के सभी चरणों को पार करके निरपेक्ष प्रसन्नता की अवस्था में प्रवेश करना चाहता है तो उसे वस्तुओं की प्रकृति की उच्चतर समझ प्राप्त करनी होगी। स्वभाव का मुक्त विकास स्वाभाविक योग्यता के मुक्त और पूर्ण उपयोग के द्वारा ही संभव होता है। यही *द* है और यह सीधे-सीधे *ताओ* से उपजता है। मुक्त विकास के लिए 'प्रकृति-प्रदत्त' और 'मानव-कृत' में भेद करना होता है। पहला मनुष्य को प्राकृतिक परिस्थिति से प्राप्त हुआ है जबकि दूसरा वह है जिसे इस परिस्थिति में मनुष्य अपने कौशल के द्वारा जोड़ता है। एक अंतस्थ है जबकि दूसरा बाह्य है। घोड़ों के चार पैर होना 'प्रकृति-प्रदत्त' है, मगर मनुष्य द्वारा उसकी गरदन में लगाम डालना 'मानव-कृत' है। स्वाभाविक योग्यता भी भिन्न-भिन्न होती है, जैसे एक छोटे पक्षी और एक बड़े पक्षी के बीच। हरेक की अपनी योग्यताओं का पूर्ण उपयोग ही उसकी प्रसन्नता का स्रोत है। योग्यताओं का एकसमान होना संभव नहीं, मगर प्रसन्नता एकसमान होती है। उनका प्रश्न है : ''क्या हम किसी सारस के पैरों को छोटा या किसी बत्तख की गरदन को, उसे कष्ट पहुचाए बिना, बड़ा कर सकते हैं ?'' इस कारण वे कानून और नैतिकता, संस्थाओं और सरकारों के बारे में एकसमान संहिता के विरोधी हैं। आवश्यकता इसकी है कि व्यक्ति की बहुमुखी क्षमताओं के उजागर हो सकने के लिए उसे पूर्ण स्वाधीनता प्राप्त हो। कारण यह है कि ''जब सभी व्यक्तियों को पूर्ण स्वाधीनता प्राप्त होगी तभी वे अपने स्वतःस्फूर्त स्वभावों का अनुसरण और प्रसन्नता की प्राप्ति कर सकेंगे।''

फिर भी कुछ बातें ऐसी हैं जो ''किसी की स्वाभाविक योग्यता के पूर्ण और स्वतंत्र उपयोग'' में और इसलिए उसकी प्रसन्नता में बाधक हैं। बुढ़ापा, बीमारी और मौत ऐसी ही बातें हैं। इन दशाओं में प्रसन्नता की मात्रा सीमित ही हो सकती है। मृत्यु का भय

दुख का कारण होता है और उसे वस्तुओं की प्रकृति की सही समझ के द्वारा समाप्त किया जाना चाहिए। 'भावना को बुद्धि से वश में करना' संतों का मार्ग है क्योंकि इस हालत में व्यक्ति भावनाओं से विचलित नहीं होता और संवेदनाओं की संगत हानि नहीं होती। एक उच्चतर स्तर का बोध और ज्ञान निरपेक्ष प्रसन्नता तक ले जाता है जिसका अर्थ 'अनंत में प्रवेश करना' है। तब स्व और विश्व, मैं और अन्य जैसे वस्तुओं के साधारण भेद मिट जाते हैं और व्यक्ति *ताओ* से एकाकार हो जाता है।

ज्ञान के उच्चतर स्तर की विवेचना करते हुए च्वांग जू 'मनुष्य की ध्वनियों' और 'पृथ्वी की ध्वनियों' की बात करते हैं जो मिलकर 'स्वर्ग की ध्वनियां' बनाती हैं। 'मनुष्य की ध्वनियों' में मानव समाज में उच्चरित शब्द *(येन)* आते हैं, जबकि 'पृथ्वी की ध्वनियां' ऐसी हैं जैसे हवा की ध्वनियां जिनसे हवा की शक्ति और स्थिति का पता चलता है। 'मनुष्य की ध्वनियों' में उन ससीम दृष्टिकोणों की अभिव्यक्ति की प्रवृत्ति होती है जो अनिवार्यतः एकपक्षीय होते हैं। सही क्या है और गलत क्या, यह तर्क से सिद्ध नहीं होता। वास्तव में किसी तर्क के दौरान विजेता और विजित, दोनों ही गलत साबित हो सकते हैं। इसलिए ससीम दृष्टिकोणों की केवल एक सापेक्ष वैधता होती है। ससीम से परे जानेवाले *ताओ* के दृष्टिकोण से वस्तुओं को देखने से ही उच्चतर स्तर का ज्ञान प्राप्त होता है क्योंकि प्रतीयमान विरोधों के भेद की समाप्ति ही *ताओ* का सारतत्व है। "वस्तुओं में भिन्नता होती है पर वे सभी इस अर्थ में एक हैं कि वे सभी कुछ न कुछ बनाती हैं और कुछ न कुछ काम आती हैं। वे सभी *ताओ* से एकसमान उपजी हैं। इस प्रकार वे एकताबद्ध हैं और एक हो जाती हैं।" जो कुछ वास्तव में 'एक' है उसकी न तो विवेचना हो सकती है और न ही उसकी धारणा की जा सकती है क्योंकि वह चिंतनशील मनुष्य के लिए बाह्य नहीं है। इस प्रकार 'एक' विचार और अभिव्यक्ति से परे होता है। जैसा कि *छी वू लुन* में सूत्रवत् कहा गया है : "आओ हम उचित और अनुचित के भेद को भूल जाएं। आओ कि हम अनंत के साम्राज्य का आनंद लें और वहीं विचरण करें।"

इस तरह एक प्रकार से यह कहा जा सकता है कि च्वांग जू ने ताओवादियों की इस आरंभिक समस्या का चतुराई भरा हल निकाल लिया था कि जीवन को कैसे संरक्षित करें और क्षति से कैसे बचें। उन्होंने स्वयं इस समस्या को ही मिटा दिया! मगर व्यक्ति ब्रह्मांड से एकाकार हो जाता है जहां की सारी वस्तुएं एकत्व को प्राप्त होती हैं, तो यह समस्या तो रहती ही नहीं। यह भी 'निरुपयोगी की उपयोगिता' ही है। इसकी प्राप्ति उस 'ज्ञान से होती है जो ज्ञान नहीं है।' वस्तुओं में भेद करनेवाले ज्ञान का परित्याग करके जो कुछ प्राप्त होता है, वह अविभाज्य का ज्ञान है।

इस भाग को समाप्त करने के लिए हमें लाओ जू द्वारा किए गए *ताओ* के वर्णन को उद्धृत करना उचित जान पड़ता है। इसका अंग्रेजी अनुवाद लिन युदांग ने किया है। यही *ताओ-ग्रंथ* का 32वां भाग है जिसका शीर्षक है : 'ताओ समुद्र

के समान है' । एक प्रकार से यह *ताओ* के बारे में हमारी पूरी विवेचना को संक्षेप में व्यक्त करता है ।

> *ताओ* निरपेक्ष और अनाम है ।
> हालांकि लकड़ी का अनगढ़ कुंदा छोटा होता है,
> इसका कोई उपयोग (नाव के रूप में) नहीं कर सकता ।
> अगर शासक और सामंत (इस अदूषित प्रकृति) को बनाए रखें,
> तो पूरा विश्व उन्हें अपनी मर्जी से सरदारी का हकदार बना दे ।
> तब स्वर्ग और धरती का मिलन हो,
> और सुखकर जल की वर्षा हो —
> मनुष्य के वश से बाहर,
> मगर सब पर एक समान ।
> फिर मानव-सभ्यता का जन्म हुआ, और नामों की उत्पत्ति हुई,
> चूंकि नामों की उत्पत्ति हुई
> तो बेहतर होता अगर लोगों को यह पता होता कि विश्राम के लिए
> कहां रुकना है ।
> वह जो जानता है कहां विश्राम के लिए रुकना है,
> वह होगा मुक्त खतरों से ।
> विश्व में *ताओ* की तुलना की जा सकती है
> उन नदियों से जो समुद्र में समाहित हो जाती हैं ।

कहने की जरूरत नहीं कि उपरोक्त उद्धरण को दर्शन का मात्र एक काव्यात्मक वक्तव्य मानना चाहिए न कि दार्शनिक सिद्धांतों की एक आकर्षक प्रस्तुति ।

अब ताओवादी धर्म का एक बहुत संक्षिप्त उल्लेख करके हम इस प्रसंग का समापन करेंगे । यह एक रहस्य ही बना रहेगा कि ताओवादियों का यह सौम्य दर्शनशास्त्र किस प्रकार एक सदेव, पराप्राकृतिकवादी धर्म बन गया । मगर यह परिवर्तन कब और किन परिस्थितियों में हुआ, यह अब रहस्य नहीं रहा है । ताओवादी धर्म भोंडे अंधविश्वासों और काफी-कुछ रहस्यवाद से भरपूर है । यह गोया प्राचीन चीनी समाज के शुद्ध समूहवादी धर्म, उसके भूमि और अन्न के देवताओं और उनकी बलिवेदियों की एक भीषण प्रतिक्रिया है । ताओवादी धर्म ने इस प्राचीन समूहवादी धर्म से मुक्ति के व्यक्तिवादी धर्म तक का एक लंबा रास्ता तय किया है ।

यह अनुमान किया जाता है कि चांग ल्यांग नामक एक ताओवादी (जिसकी मृत्यु 187 ई. पू. में हुई) छिन साम्राज्य के विनाश और उसकी जगह हान साम्राज्य की स्थापना का जिम्मेदार था । पहली सदी ईसवी में ताओवादी धर्म को एक रूपरेखा देने का काम एक चांग परिवार ने ही किया । साम्राज्य की ओर से लाओ जू के नाम पहली

कुरबानी 165 ईसवी में चढ़ाई गई और ताओवादी धर्म की जड़ें इसी समय जमीं। तब तक चीन में बौद्ध मत का प्रवेश हो चुका था और उसके संघवाद का अनुकरण ताओवाद ने भी किया। मगर इसका आरंभ अंशतः युद्धरत राज्यों के काल (चौथी सदी ई. पू.) के वैरागी दार्शनिकों से होता है। खओ छ्यून-छी को 'स्वर्गिक गुरु' *(श्येन शिह)* की उपाधि मिली और धार्मिक सत्ता तथा राजनीतिक प्रभाव से युक्त इन आचार्यों की लंबी परंपरा उन्नीसवीं सदी के अंत तक जारी रही। 1016 ई. में च्यांगसी में केंद्रीय सत्ता स्थापित हुई और वहीं 1930 तक बनी रही, जब लाल सेना ने मठाधीशों के सभी चाकरों आदि को भगा दिया और उन सभी मर्तबानों को तोड़ दिया जिनमें स्थानीय विश्वासों के अनुसार ताओवादियों ने 'आवाजों को कैद कर रखा था'। ग्यारहवीं सदी में पारंपरिक नैतिकता के नियम ताओवाद के मुख्यालय च्यांगसी से जारी हुए, धर्म की सतह पर जिसका बौद्ध मत और कन्फ्यूशियसवाद से लगातार मुकाबला होता रहा।

दार्शनिक ताओवाद की मौत की घंटी च्वांग जू के भाष्यकार कुओ श्यांग ने तभी बजा दी थी जबकि उसने कन्फ्यूशियस को एक महान आचार्य ही नहीं बल्कि लाओ जू से भी बड़ा माना था। कुओ की मृत्यु 312 ई. में हुई और उसी के साथ कन्फ्यूशियसवादियों के खिलाफ ताओवादियों का वह गहरा विरोध भी मर गया जिसे बड़े जोरदार शब्दों में च्वांग जू ने व्यक्त किया था। लाओ जू और च्वांग जू के सिद्धांत उनके भाष्यकारों, जैसे कुओ श्यांग और श्यांग श्यु (221-300 ई.) के हाथों इस तरह बदले कि पहचान के काबिल न रहे, यहां तक कि पहले का 'अनाम *ताओ*' अब 'ताओ' अर्थात् 'नास्ति' बनकर रह गया। संभवतः बौद्ध प्रभाव के कारण ब्रह्मांड, समाज और मानवीय आवश्यकताओं को निरंतर परिवर्तनीय माना जाने लगा। कुओ ने कहा कि "अतीत मृत होता है जबकि वर्तमान जीवित होता है। जो भी मृत के सहारे जीवित की विवेचना का प्रयास करेगा निश्चित ही असफल होगा।" सफलता का जाहिर है कि लाओ और च्वांग के लिए वह अर्थ न था जो कुओ के लिए था। अजीब बात यह है कि इनमें से कुछेक परिवर्तन बुद्धिवाद के नाम पर किए गए। 'अ-क्रिया का व्यवहार' का पहले कुछ और ही अर्थ था मगर आगे चलकर इसके नाम पर 'अपनी इच्छा से जीने' का नारा लगाया जाने लगा। *श्येन* (स्वर्ग) और कभी-कभी *श्येन दी* (स्वर्ग और पृथ्वी) भी पूजापाठ के सबसे महत्वपूर्ण विषय बन गए।

नव-ताओवाद के एक अन्य संप्रदाय, अर्थात् भावनावादियों के संप्रदाय ने इस बात पर जोर दिया कि 'प्रकृति के अनुसार जीवनयापन' का अर्थ युग के रीतिरिवाजों और नैतिकताओं के अनुसार नहीं बल्कि अपनी बुद्धि या आवेग के अनुसार जीवनयापन होता है। व्यक्ति को *जू-चन* के अनुसार अर्थात् स्वाभाविक और स्वतःस्फूर्त ढंग से जीना चाहिए न कि *मिंग-च्याओ* अर्थात् संस्थाओं और नैतिकताओं के अनुसार। सुख, बल्कि कुछ भोंडे प्रकार के सुख की तलाश को ताओवाद का बाना पहनाया गया। कहा जाने लगा कि मात्र सुख ही मानव जीवन को मूल्यवान बनाता है और जीवन का ध्येय

इसी में निहित है। तीसरी सदी ईसवी के ग्रंथ *लिएह-जू* में एक अध्याय है जिसका शीर्षक है, 'यांग चू का सुख का उद्यान'। यह अध्याय सुखवाद को जीवन की शैली माननेवाले इस ताओवादी संप्रदाय की बाइबिल बन गया। *शिह-शुओ* में 'प्रसिद्ध विद्वानों' (अर्थात् बांस के बाग में बैठे सात श्रेष्ठजन) की अनेक अपारंपरिक गतिविधियों का उल्लेख हुआ है। उनकी सुखवादी वार्ताओं में आवेगों के अनुसार कर्म करने पर जोर दिया गया है। लाओ जू के प्रसिद्ध भाष्यकार, तीसरी सदी ई. के वांग फी ने संत को भी साधारण भावनाओं का स्वामी बतलाया है न कि 'भावनाओं को बुद्धि से वश में करनेवाला।' इस प्रकार संत भी प्रसन्न या दुखी हुए बिना किसी बात पर प्रतिक्रिया नहीं व्यक्त कर सकता गोकि वह उसमें लिप्त नहीं होता। वांग फी के समय तक एक 'सरकारी धर्म' के रूप में कन्फ्यूशियसवाद का स्थान इतना ऊंचा था कि उसने ताओवादी होकर भी कन्फ्यूशियस को लाओ जू या च्वांग जू से बड़ा बतलाया। उसने तो यहां तक कहा कि ये दोनों विचारक चूंकि अ-सत्ता *(वू)* की स्थिति को नहीं पा सके थे इसीलिए वे इसकी बातें करते रहते थे जबकि उस स्थिति को प्राप्त कर लेने के कारण कन्फ्यूशियस ने कभी इसके बारे में कुछ नहीं कहा। चिन नव-ताओवादियों ने यौन संबंधों के बारे में भी ऐसा दृष्टिकोण विकसित किया जिससे गहरी उलझन के शिकार होकर फ़ंग यू-लन ने उसे 'ऐंद्रिक नहीं बल्कि शुद्ध सौंदर्यशास्त्रीय' बतलाया।

कहा जाता है कि लिन दंग-चू ने ताओवादियों को चार श्रेणियों में रखा था—विद्रोही, वैरागी, धूर्त और पुनर्गमनवादी (रिटर्निस्ट)। यांग चू, लाओ जू और च्वांग जू को पहली दो श्रेणियों के ताओवादी माना जा सकता है। अब नव-ताओवादी शेष दो श्रेणियों में आते हैं या नहीं, यह सोचने का विषय हो सकता है। फिर भी यह वक्तव्य चीन में ताओवाद की युगांतरकारी और निकृष्ट भूमिका, उसके उत्थान और पतन, उसके शानदार और घिनौने अतीत, सबको एक सूत्र के रूप में सामने रख देता है।

अध्याय 4

# विधिवादी संप्रदाय

चीनी दर्शनशास्त्र में सबसे विस्मयकारी और निर्लज्ज सिद्धांत *फ़ा क्या* नामक विधिवादी संप्रदाय की देन हैं। यह संप्रदाय उस काल से जुड़ा है जब चीन में सामंतवाद पूर्णरूपेण नौकरशाही में रूपांतरित हो रहा था। *फ़ा* का अर्थ है 'कानून का प्रतिमान'। यह संप्रदाय राजनीतिक कारकुनों के एक ऐसे समूह का प्रतिनिधित्व करता है जो यह मानते थे कि सुशासन वह है जो कानून की एक निश्चित संहिता पर आधारित हो न कि नैतिक संस्थाओं पर जिस पर प्रबुद्ध वर्ग का जोर था। अगर कन्फ्यूशियसवादी सामंती व्यवस्था के प्रच्छन्न समर्थक और उस व्यवस्था के बौद्धिक आधार थे तो विधिवादी सामंती निरंकुशता के बलप्रयोगवादी कारिंदे थे। वे उन ताओवादियों के ठीक विपरीत हैं जो जनता के बीच अपना स्थान कायम रखने के समर्थक थे। उनके विपरीत, विधिवादी जनता के दमन के लिए तैयार रहते थे और अपने इरादों को छिपाने के लिए किसी प्रकार का अगर-मगर नहीं करते थे। उनकी दिलचस्पी मानव समाज के शासन में थी न कि प्रकृति की प्रक्रियाओं में। समूहवाद पर जोर सहित ताओवादियों के तमाम राजनीतिक सिद्धांत विधिवादियों के लिए त्याज्य थे क्योंकि ये विधिवादी निरंकुश और वहशियाना शासनपद्धति को जनता को वश में रखने का सबसे सुरक्षित और सबसे निश्चित ढंग मानते थे। इस संप्रदाय के उत्थान का काल चौथी और तीसरी सदी ईसा-पूर्व है। खासकर छी नामक पूर्वोत्तर राज्य में यह खूब फलाफूला।

विधिवादी संप्रदाय का सामान्य दृष्टिकोण है : युद्ध को महिमामंडित करना। कृषि को गौण महत्व दिया गया। *शांग च्वन शू* में कहा गया है कि "युद्ध ऐसी चीज है जिससे लोग नफरत करते हैं, मगर जो जनता को युद्ध से आनंदित होना सिखाता है, वह सर्वोच्च पद प्राप्त करता है।" स्वाभाविक था कि विधिवादियों की नजर में विद्वानों और व्यापारियों की कोई औकात न थी। वास्तव में उनका मत यह था कि "भारी चुंगियां लगाकर व्यापार में बाधा डाली जानी चाहिए, खर्च पर नियंत्रण के लिए कानून बनाकर व्यापारियों का दमन होना चाहिए, शराब और मांस पर भारी महसूल लगाए जाने चाहिए और अनाज के व्यापार को प्रतिबंधित कर देना चाहिए।" चूंकि साधारण

जनता से राजा-महाराजाओं का कोई सीधा सरोकार नहीं होता था इसलिए उन्हें सचमुच कुछ बिचौलियों की आवश्यकता होती थी। मगर इन बिचौलियों को उनकी अपनी बारी में जनता को वश में रखने के लिए यथार्थपरक विधियों की आवश्यकता होती थी क्योंकि कन्फ्यूशियसवादी सिद्धांतों जैसे आदर्शमूलक कार्यक्रमों से काम नहीं चलता था। इस सिलसिले में जो भी लोग कुछ नए हल सुझाते थे उन्हें फौरन उच्च पदों तक तरक्की मिल जाती थी। इनको ही *फ़ांग शू चिह शिह* (विधि जाननेवाले लोग) कहा जाता था जो विधिवादियों के लिए प्रयुक्त एक अन्य नाम है।

प्राचीन काल में सामंती समाज के संचालन के दो सिद्धांत थे—*ली* (कर्मकांड, सामाजिक आचार) और *शिंग* (दंड, जुर्माना)। *ली* का उपयोग उच्च वर्गों *(च्वन ज़ू)* के लिए होता था जबकि *शिंग* का साधारण जनता *(शू चेन,* या *शियाओ चेन)* के लिए। जैसाकि *ली छी* (कर्मकांड ग्रंथ) में कहा गया है, "*ली* का पतन साधारण जन के स्तर तक नहीं होता और *शिंग* का उन्नयन मंत्रियों के स्तर तक नहीं होता।" कन्फ्यूशियसवाद में *ली* का अर्थ रीतिरिवाजों, पूजापाठ, आदि की एक जटिल प्रणाली है। विधिवादी उसकी जगह *श्येन दिंग फ़ा* (पूर्व-निर्धारित कानून) को स्थापित करना चाहते थे। कुंगसुन यांग, जिसे वाल्टररूबेन ने कौटिल्य के समान बतलाया है, *शांग च्वन शू* (महामहिम शांग का ग्रंथ) में *फ़ा* की परिभाषा इस प्रकार करता है : "कानून जनता के लिए आधिकारिक सिद्धांत है और सरकार का आधार है, यही तो है जो जनता को एक सांचे में ढालता है।" *शू चिंग* (ऐतिहासिक ग्रंथ) में 'दंड के उन्मूलन के लिए दंड' की बात कही गई है और लगता है कि यही उन विधिवादियों का आदर्शवाक्य था जो शासन के मसले को केवल शासकों की दृष्टि से देखते थे। शासक के हाथों में शक्ति सुनिश्चित करना और उसे तमाम चुनौतियों से सुरक्षित रखना ही उनका प्रमुख उद्देश्य था। कन्फ्यूशियस ने 'संत' या अतिमानव के जिन गुणों से युक्त शासक की परिकल्पना की थी, वे विधिवादियों के लिए व्यर्थ की चीजें थीं। इस प्रकार वे कुछ निरंकुश उपायों और परानैतिक विचारों की खुलकर वकालत करते थे। उनकी राय में सद्गुणों या ऐसे ही अन्य लक्षणों का शुभ से कोई संबंध न था। शुभ का अर्थ केवल इतना था कि राज्य द्वारा निर्धारित कानून का पालन किया जाए। संस्कृति, दयाभाव या अखंड व्यक्तित्व जैसे अनावश्यक बोझ विधिवादियों के लिए झल्लाहट के कारण-भर थे। इसलिए वे वृद्धों के प्रति चिंता, बिना रोजगार के दूसरों के सहारे जीवन, सौंदर्य, प्रेम, महत्वाकांक्षा और सदाचरण की उपमा जूंओं (*ल्यू शिह क्वन,* अर्थात् छः जूंओं) से देते थे। ये 'परजीवी कार्य' हैं जो राज्य को सिर्फ नाकारा बनाते हैं। उसे नाकारा बनानेवाली अन्य बातें ये हैं : गीतों तथा ऐतिहासिक ग्रंथों का अध्ययन, कर्मकांड, संगीत, संतानोचित निष्ठा, भ्रातोचित कर्त्तव्य, आदि कन्फ्यूशियसवादी सद्गुण। संभवतः पारिवारिक बंधनों को भी राज्य के प्रति निष्ठा के अधीन करना आवश्यक समझा गया। सेना की आलोचना और लड़ने में शर्म को सबसे घृणित बुराई माना गया।

कन्फ्यूशियस ने संतानोचित निष्ठा को आचरण के उच्चतम मानदंडों में से एक माना था और इस प्रश्न का 'हां' में उत्तर दिया था कि क्या किसी बेटे को अपने पिता के अपराध की पर्दापोशी करनी चाहिए। मगर विधिवादियों की योजना में प्रेम और कानून के टकराव में कानून ही बड़ा था। वे मनुष्य के आचरण और उसकी भावनाओं को भी मापते थे गोया वे परिमाण-रूप में व्यक्त हो सकनेवाली वस्तुएं हों।

इस संप्रदाय को विकसित करनेवाला था हान फ़ेइ ज़ू, जो आज के पश्चिमी हनान प्रांत में स्थित हान राज्य के राजघराने का व्यक्ति था। वह और ली स्सु श्वन ज़ू के शिष्य थे। मगर हान फ़ेइ ज़ू की मृत्यु अपने सहपाठी के कुछ राजनीतिक षड्यंत्रों के कारण छिन राज्य की जेल में 233 ई. पू. में हुई। विडंबना की बात यह थी कि हान फ़ेइ ज़ू के सिद्धांत किसी भी अन्य राज्य की अपेक्षा छिन राज्य में अधिक व्यवहृत थे। राजनीति और शासन में कुछेक बातों को सबसे महत्वपूर्ण ठहरानेवाले हान फ़ेइ ज़ू से पहले ऐसे ही तीन और समूह मौजूद थे। मेन्शियस के एक समकालीन शेन ताओ ने *शिह* (शक्ति, अधिकार) पर, शेन फु-हई (मृ. 337 ई. पू.) ने *फ़ा* (कानून या नियम) पर और शांग यांग ने *शू* (राजनय की विधि अथवा कला) पर जोर दिया था। हान फ़ेइ ज़ू इन तीनों को एकसमान अपरिहार्य मानता था और उनको 'सम्राटों और राजाओं के उपकरण' मानता था।

प्राचीन चीन की परंपरागत खेतिहर आबादी को व्यापक यात्राओं के अवसर शायद ही मिलते रहे हों। खेती के कामों समेत तमाम बातों के लिए पहले प्रचलित तरीके उन्हें हमेशा ही मनमोहक लगते थे। दर्शनशास्त्र के क्षेत्र में भी प्राचीन स्रोतों और आदर्शों पर भरोसा किया जाता था। अक्सर ही किसी नए विचार को भी किसी प्राचीन दार्शनिक के नाम से जोड़ना पड़ता था। कन्फ्यूशियस की दृष्टि में राजा वेन तथा चओ का नवाब अतीत के आदरणीय संत शासक थे। मो ज़ू के बारे में हम अगले पाठ में कुछ और पढ़ेंगे। उसने दंतकथाओं के राजा यू को महिमामंडित किया। मेन्शियस ने और भी पीछे जाकर यओ और शुन का नाम लिया जबकि और भी पीछे, फू शी और शेन नुंग के काल तक जाकर ताओवादी सबके उस्ताद साबित हुए। उपरोक्त में से एक भी कोई ऐतिहासिक चरित्र नहीं रहा है। विधिवादियों की एक सकारात्मक विशेषता यह रही है कि उन्होंने किसी स्वर्णयुग की तलाश में किसी रोमानी अतीत की ओर निगाहें नहीं दौड़ाईं। उनका तर्क यह था कि अतीत में मासूमियत और बेहतर आचरण के लिए गुण अगर देखने को मिलते थे तो इसका कारण तब के लोगों की कोई जन्मजात श्रेष्ठता और अच्छाई न थी बल्कि बेहतर भौतिक दशाएं थीं। फिर, हान फ़ेइ ज़ू ने यह भी कहा कि कुछ आधुनिक तकनीकों ने पहले की तकनीकों को बेकार बना दिया है और यह कि नई तकनीकों के बजाए पुरानी तकनीकों को तरजीह देना एकदम हास्यास्पद है। नई परिस्थितियों से पैदा हुई नई समस्याओं को हल करने के लिए नए उपायों का सहारा लेने का इरादा करके विधिवादियों ने यथार्थ से अपना तालमेल बिठाया। विधिवादियों की अनेक नकारात्मक धारणाओं के बावजूद उनका एक उल्लेखनीय पहलू यह है कि वे इतिहास को परिवर्तन की एक प्रक्रिया मानते थे।

नई राजनीतिक स्थिति का सीधे-सीधे सामना करने के लिए विधिवादियों ने नए शासन की वह विधि प्रस्तुत की जिसे वे अचूक मानते थे। इस दिशा में पहला कदम था, ऐसे कानून बनाना जिनमें करणीय और अकरणीय को निरूपित किया गया हो। फिर शासक का काम यह है कि वह अपनी *शिह* (सत्ता) के सहारे जनता के आचरण पर निगाह रखे। इसके बाद पालन और उल्लंघन के लिए क्रमशः पुरस्कार और दंड देने की बात आती है। उनका कहना था कि "संत राजा जनता द्वारा स्वयं शुभकर्म किए जाने पर भरोसा नहीं करता बल्कि उसे गलत काम करने से रोकता है।" इसका रहस्य सच्चरित्रता न होकर कानून है। यह समझना कठिन नहीं है कि मनुष्य की यह धारणा, उदाहरण के लिए, मेन्शियस द्वारा व्यक्त धारणा से कितनी अलग है। यहां तक कि शासक के अपने उत्तम आचरण का उदाहरण भी विधिवादियों के लिए बेकार की चीज था, जिसे कन्फ्यूशियस ने बहुत अधिक महत्वपूर्ण माना था। कानून और अधिकार ही उसे अच्छा शासक बनाते हैं न कि और कुछ। यह जरूरी नहीं कि उसमें स्वयं कानून बनाने की योग्यता हो। अगर वह केवल *शू* (राजनय की कला) में पारंगत है तो वह इस काम के लिए सही व्यक्ति की तलाश कर सकता है। फिर तो वह हर "वास्तविकता को उसके नाम के अनुसार जिम्मेदार ठहरा सकता है।" यहां 'वास्तविकता' का अर्थ किसी पद पर आसीन व्यक्ति है और 'नाम' का अर्थ उस पद का नाम है। हर पद के साथ कोई न कोई निश्चित उत्तरदायित्व जुड़ा होता है और वह पद जिस व्यक्ति को सौंपा जाता है उसे उस उत्तरदायित्व को पूरा करना होता है। इसमें नाकामी का मतलब दंड का पात्र बनना है जबकि सफलता से पुरस्कार प्राप्त होता है। यह अजीब बात है कि विधिवादियों ने दंड और पुरस्कारों से आसमान के तारे तोड़ लाने की आशाएं लगाईं, मगर यह कभी नहीं सोचा कि कभी कोई काम कराने में सफल हुए बिना वे कब तक लोगों को दंड देते रहेंगे।

विधिवादियों के लिए अगला प्रश्न यह था कि पदों पर बिठाने के लिए उपयुक्ततम व्यक्तियों की पहचान कैसे की जाए। इसका उत्तर भी *शू* है। चाहे जो हो, अयोग्य व्यक्ति तो दंड के भय से कोई पद स्वीकार करने का हौसला ही नहीं करेंगे। जाहिर है कि विधिवादी पीटर के इस सिद्धांत से परिचित न थे कि हर कार्यपालक नौकरशाही के सोपान में ऊपर की ओर तब तक तरक्की पाता रहता है जब तक वह ऐसे पद पर न पहुंच जाए जहां वह निकम्मा बन जाए। लेकिन प्रशासकों की एक भरोसेमंद टोली के सहारे शासक *वू वेइ* (अ-क्रिया) का व्यवहार कर सकता है। इसके लिए ताओवादी यह भाषा इस्तेमाल करते कि वह (शासक) कुछ भी नहीं करता, मगर ऐसा कुछ भी नहीं जो न हो जाता हो। चीनी विचारपरंपरा में ताओवादी और विधिवादी एक-दूसरे के विपरीत, दो छोरों पर खड़े नजर आते हैं। पहला मनुष्य की बुनियादी मासूमियत में यकीन करता है तो दूसरा उसे बुनियादी तौर पर बुरा मानता है। पहला व्यक्ति की स्वतंत्रता का समर्थक है तो दूसरा व्यक्तियों पर पूर्ण नियंत्रण की बातें करता है। एक

कोमलता का प्रेमी है तो दूसरा निर्दयता का पैरोकार।

प्रस्तुत अध्याय को समाप्त करने से पहले विधिवादियों की आलोचना के तौर पर हम दो बातों पर गौर करेंगे। इसमें से एक बात शियाओ चिंग-फ़ांग द्वारा पहले ही कही जा चुकी है। उनका कहना था कि "विधिवादी कानून को सर्वशक्तिसंपन्न बनाना चाहते थे मगर नतीजा सिर्फ यह हुआ कि सम्राट सर्वशक्तिसंपन्न बन बैठा।" फौरी तौर पर इससे जनता की स्थिति में गिरावट आई। उसे अवर्णनीय दुर्दशा और निरंकुशता का शिकार होना पड़ा। इस प्रकार हान फ़ेइ जू ने, संभवतः बहुत सोचे-समझे ढंग से, "सामंती निरंकुशता के उत्थान का वैचारिक आधार तैयार किया।" दूसरी आलोचना ताओवादी दृष्टिकोण पर आधारित है। विधिवादियों के दृष्टिकोण के प्रति ताओवादियों की आलोचना यह थी कि वे जिन उपायों की पैरवी करते थे, उनमें मानव व्यवहार की मूल विशेषता को ध्यान में नहीं रखा गया था इसलिए उनका असफल होना अनिवार्य था। उनका फैसला यह था कि "प्रकृति में विद्यमान कारणों और अंतर्निहित सिद्धांतों के बारे में जो बातें जानी जा सकती हैं, उन पर जो लोग पर्याप्त ध्यान नहीं देते वे असंभव को करने के प्रयास में अपनी शक्ति का विनाश ही करेंगे।"

अध्याय 5

# मोहीवाद

*मो च्या* या मोहीवादी संप्रदाय जीवन की गति को अप्रत्यक्ष रूप से प्रभावित करनेवाला कोई अकादमीय विचारसंप्रदाय मात्र न होकर एक सुव्यवस्थित संगठन था। मो जू या मो दी के नेतृत्व में इसमें क़ठोर अनुशासन का समावेश हुआ और राज्यों के आपसी टकरावों में हस्तक्षेप करने की इसमें क्षमता आई। मो दी का चिंतन जनता के हितों के बहुत-कुछ अनुकूल था और वे कन्फ्यूशियस का विरोध करनेवाले व्यक्तियों में पहले थे। एक जुझारू उपदेशक समझे जानेवाले इस विचारक ने पारंपरिक संस्थाओं की वैधता पर सवाल उठाए और उनकी जगह कोई ऐसी चीज स्थापित करनी चाही जो कहीं अधिक सरल मगर अधिक उपयोगी हो। वे या तो सुंग (पूर्वी हनान या पश्चिमी शांतुंग) के या लू के रहनेवाले थे। उनका जीवनकाल 479 और 381 ई. पू. के बीच कहीं माना जाता है। 53 अध्यायोंवाला *मो-जू* उनकी और उनके अनुयायियों की रचनाओं का संग्रह है।

सामंतवाद से सामंती नौकरशाही की ओर संक्रमण के युग में उन अनेक खानदानी योद्धाओं की पदप्रतिष्ठा में कमी आई जो अभी तक चीनी राज्यों की सेनाओं की रीढ़ रहे थे। उन्हें *श्येह* या *यू श्येह* (घुमंतू योद्धा) कहा जाता था। *शिह चिह* में उनको गंभीर, भरोसेमंद, तेजतर्रार और दृढ़प्रतिज्ञ बतलाया गया है। मालिक की वफादारी से खिदमत करना और जरूरत हो तो जान की बाजी लगा देना उनकी पेशेवर नैतिकता का अंग था। मो जू की शिक्षाएं इसी नैतिकता का विस्तार हैं। समाज के प्राचीनतर रूपों के बारे में उनका दृष्टिकोण अस्पष्ट था और अपने समय के सामंतवाद का उन्मूलन तो वे नहीं ही चाहते थे। उनकी इच्छा मात्र यह थी कि इसे ही किसी तरह बेहतर बनाया जाए। 'सार्वभौमिक प्रेम' जैसी कुछ धारणाओं के द्वारा उनके विचार में इस पर यहां-वहां कुछ रंगाई-पुताई की जा सकती है। पर मोहीवाद के तीन ऐसे सिद्धांत हैं जो इस सम्प्रदाय को बेहद आकर्षक रूप प्रदान करते हैं : सच्चरित्र *(श्येन अइ)* की सच्ची प्रशंसा, सामाजिक एकजुटता *(शांग थुंग)* के प्रति सरोकार और आक्रमक युद्धों *(फ़ेइ कुंग)* की निंदा। मोहीवादियों की स्वाभाविक तौर पर हर उस बात में दिलचस्पी थी जो जनता *(लिमिन)* का भला करे।

मुख्यतः उच्च तथा मध्य वर्गों से संबंधित प्रबुद्धजन *(च्व)* के विपरीत, मोहीवादी साधारण जनता *(श्येह)* के निम्न वर्ग से संबंधित थे। प्रसंगवश पारंपरिक संस्थाओं के प्रति मोहीवादियों की दुश्मनी का कारण यही था क्योंकि वे इन्हें साधारण जनता के लिए विलासिता की वस्तुएं मानते थे। उनके विचार से, उदाहरण के लिए मृत्यु-संस्कार तथा अन्य लंबे-चौड़े कर्मकांड, संगीत, आदि इसी श्रेणी में आते हैं।

ऊपर हमने शासक और राज्य के प्रति *यू श्येह* की वफादारी का उल्लेख किया है। इस वफादारी के किसी भी उल्लंघन पर मोहीवादी संगठन के नेता की ओर से सजा दी जाती थी। उस नेता को महागुरु *(च्व जू)* कहा जाता था। मो जू अपने संप्रदाय के पहले महागुरु थे। *मो-जू* के नौ अध्यायों का विषय रक्षात्मक युद्ध लड़ने की कार्यनीतियां तथा नगर की दीवारों की रक्षा के लिए साजसामान के निर्माण की तकनीकें हैं। एक कहानी प्रचलित है कि मो जू ने किस प्रकार छू के राजा को सुंग पर हमला करने से बाज रखा। छू के दरबार में मौजूद एक यंत्र-आविष्कर्ता ने अपने हमले के हथियारों का प्रदर्शन किया। मगर मो दी उसके भी उस्ताद साबित हुए। उन्होंने भी राजा के सामने अपने प्रतिरक्षा संबंधी हथियारों का प्रदर्शन किया। फिर राजा ने हमले का इरादा छोड़ दिया।

घुमंतू योद्धाओं के रूप में मोहीवादी हर बुलानेवाले के लिए लड़ने नहीं जाते थे क्योंकि वे आक्रामक युद्धों के खिलाफ थे। वे सिर्फ आत्मरक्षा की लड़ाइयों में भाग लेते थे। दूसरे, वे छोटे राज्यों पर बड़े राज्यों के हमलों का विरोध करते थे और इसलिए टकराव की सूरत में छोटे राज्यों का पक्ष लेते थे। इस संदर्भ में ही उन्होंने किलेबंदी की तकनीकों और अन्य सैनिक प्रौद्योगिकियों में गहरी दिलचस्पी ली और इसी दिलचस्पी के कारण वे विज्ञान की आधारभूत तकनीकों के अग्रदूत बन गए। आरंभिक और परवर्ती मोहीवादियों के बीच अंतर भी इसी बात में है। आरंभिक मोहीवादी मुख्यतः नीतिशास्त्र, सामाजिक जीवन और धर्म तक ही सीमित थे मगर परवर्ती मोहीवादियों ने अपनी दिलचस्पी का दायरा बढ़ाकर वैज्ञानिक तर्कपद्धति, विज्ञान और सैन्य प्रौद्योगिकी को भी उसमें शामिल कर लिया।

मोहीवादी दर्शन का आरंभ बिंदु कन्फ्यूशियसवाद की यह आलोचना है कि वह 'विश्व को चार तरह से नष्ट करता है।' कन्फ्यूशियसवादी देवताओं और आत्माओं में अविश्वास का उपदेश देते थे। उस अविश्वास को हानिकर माना गया इसलिए कि वह अविश्वास 'देवताओं और आत्माओं को रुष्ट करता है।' इससे जनता पथभ्रष्ट हो जाती है। दूसरे, कन्फ्यूशियसवादी लंबे-चौड़े मृत्यु-संकारों का उपदेश देते और उस उपदेश पर आचरण करते हैं और तीन साल तक मातम करते रहते हैं। यह धन और शक्ति नष्ट करने के समान है और जनता पर बोझ है। तीसरे, कन्फ्यूशियसवादी संगीत पर जोर देते हैं। यह भी धन और शक्ति की बरबादी है। अंतिम और सबसे महत्वपूर्ण बात यह है कि कन्फ्यूशियसवादी पूर्वनिश्चित भाग्य में विश्वास पर जोर देते हैं। इस प्रकार जोर देना जनता के लिए सबसे अधिक हानिकारक है क्योंकि यह विश्वास निकम्मेपन और विरक्ति को जन्म देता है। इन

चार आलोचनाओं से स्पष्ट है कि मोहीवादी सामान्य दृष्टिकोण के मामले में मूलतः यथास्थितिवादी तो थे पर जीवन में वे निम्न वर्गों के दृष्टिकोण को प्रतिबिंबित करते थे। वे कन्फ्यूशियसवादियों के उलझाव भरे पांडित्य से स्तंभित ही नहीं थे बल्कि चिढ़ते भी थे। इसलिए कन्फ्यूशियसवादियों के विपरीत मोहीवादी खर्च में किफायत *(च्येह युंग)*, मृत्यु-संस्कार में किफायत *(च्येह त्सांग)* के समर्थक थे, और संगीत बल्कि और भी सटीक ढंग से कहें तो धार्मिक संगीत *(फ़ेइ यो)* के निंदक थे। इसी बात को मो ज़ू ने बहुत लट्ठमार ढंग से कहा था कि "लंबा जीवन भी उनके (कन्फ्यूशियसवादियों के) अध्ययन के लिए पर्याप्त नहीं है ··· उनके सिद्धांत युग की आवश्यकताएं पूरी नहीं कर सकते और न ही उनका ज्ञान जनता को शिक्षित कर सकता है।"

अधिक सकारात्मक पक्षों को देखें तो दार्शनिक चिंतन के क्षेत्र में मो ज़ू का महान योगदान 'सर्वव्यापी प्रेम' की धारणा का प्रतिपादन है। वे *जेन* (इंसानियत) और *यी* (सहृदयता और सच्चरित्रता) को, और खासकर पहले को, नकारते नहीं हैं। वे सिर्फ इसमें एक नए अर्थ का समावेश करके इसे और अधिक व्यापक बनाते हैं और यह अर्थ *श्येह* वर्ग की पेशेवर नैतिकता के दृष्टिकोण से संभवतः बहुत महत्वपूर्ण था। यह नैतिकता यूं थी कि उनका *श्येह* वर्ग 'एकसमान आनंद और एकसमान कष्ट' का हामी था। यह बैरक संस्कृति या युद्धकालीन भाईचारे का अनिवार्य तत्व था जिसकी मोहीवादी समूहों को आवश्यकता थी। इसलिए जिस सर्वव्यापी प्रेम को मो ज़ू ने अपनी पुस्तक के तीन अध्याय दिए हैं, वह सामूहिक धारणा है जिसका सारतत्व यह है कि हर कोई हर दूसरे से समान मात्रा में बिना भेदभाव के प्रेम करे। भेदभाव और सर्वव्यापकता के सिद्धांतों के बीच मो ज़ू ने जो अंतर किया है वह 'निर्णय के तीन परीक्षणों' पर आधारित है। भेदभाव का सिद्धांत यह कहता है कि व्यक्ति अपने जितनी चिंता अपने मित्रों की करे, यह बकवास है। सर्वव्यापकता इस सिद्धांत की विरोधी है। प्रश्न है कि फिर सही कौन है। इसका उत्तर 'तीन परीक्षणों' अर्थात् उसका आधार, उसके सत्यापन की संभावना और उसकी व्यावहारिकता से मिलता है। किसी 'गंभीर और सही सिद्धांत' का आधार यह है कि वह 'स्वर्ग की और आत्माओं की इच्छा पर तथा प्राचीन संत राजाओं के सत्कर्मों पर' आधारित हो। उसके सत्यापन की संभावना 'साधारण जनता की श्रव्य-दृश्य इंद्रियों पर' आधारित होती है। इसलिए जब तक जनता उस सिद्धांत विशेष को सही घोषित करके उसके पक्ष में अपना फैसला नहीं सुनाती उसे उचित का विशेषण नहीं प्राप्त होता। मात्र स्वर्ग की इच्छा काफी नहीं है बल्कि साधारण जनता द्वारा उसका अनुमोदन भी किया जाना चाहिए। अंत में, उसकी व्यावहारिकता इस पर आधारित होती है कि उसे "शासनकार्य में लागू करके देखा जाए कि वह देश और उसकी जनता के लिए लाभकर है या नहीं।" मोहीवादी और विधिवादी संप्रदायों में जनता के लिए जो भूमिकाएं निश्चित की गई हैं, उनकी तुलना करना बहुत दिलचस्प होगा। कालक्रम की दृष्टि से मोहीवादी संप्रदाय का समय विधिवादियों से पहले है।

मोहीवाद में केंद्र में जनता है। मगर जनता को मात्र शासित प्रजा का दर्जा देकर विधिवादी संप्रदाय ने उसे उलट दिया।

सामाजिक और मानवीय संबंधों में होनेवाले हर बिगाड़ के लिए मोहीवादी सर्वव्यापी प्रेम का अभाव, नफरत की मौजूदगी और दूसरों को नुकसान पहुंचाने की इच्छा को जिम्मेदार बतलाते हैं। इसके अनेक रूप हो सकते हैं, यानी किसी बड़े राज्य द्वारा छोटे राज्य पर हमला, बलवान द्वारा निर्बल का उत्पीड़न, अनेक लोगों द्वारा कुछेक के साथ दुर्व्यवहार, या किसी काइयां इंसान का किसी भोलानाथ को दगा देना। इस प्रकार के 'पारस्परिक भेदभाव' का इलाज सर्वव्यापी प्रेम ही हो सकता है। हो सकता है कि यह तर्क शुद्ध उपयोगितावादी लगे मगर हमें यह बात याद रखनी चाहिए कि चीनी दर्शनपरंपरा में कभी भी उपयोगितावाद को दुतकारा नहीं गया, बल्कि मोहीवादियों के सामने गंभीर प्रश्न यह था कि आदर्श सिद्धांत को जाननेवालों के अनथक उपदेश भी जब बेकार जा रहे हों तो लोगों को किस प्रकार एक-दूसरे से प्रेम करने पर आमादा किया जाए। मोहीवादियों को यह पक्का विश्वास था कि एक-दूसरे से प्रेम करना दीर्घकालीन दृष्टि से लाभकर है, यह बात जान लेने से ही लोग एक-दूसरे से प्रेम नहीं करने लगेंगे। इसलिए उन्होंने सर्वव्यापी प्रेम के पक्ष में अनेक धार्मिक और राजनीतिक तर्क दिए। 'स्वर्ग की इच्छा' और 'आत्माओं के अस्तित्व का प्रमाण' ऐसे ही दो धार्मिक तर्क हैं। मानवजाति से प्रेम करनेवाले तथा मनुष्यों और खासकर मनुष्यों के शासकों के कार्यकलाप पर निगरानी रखनेवाले स्वर्ग की इच्छा है कि मनुष्य दूसरों से प्रेम करे। यही इच्छा निम्नतर कोटियों की आत्माओं की भी है।

फिर भी, इस सबमें महत्वपूर्ण बात यह है कि स्वर्ग और आत्माओं की इच्छा की बातें करते हुए भी मोहीवादी बुद्धिसंगत विश्लेषण के समर्थक थे। मो जू की बीमारी के बारे में प्रचलित एक कहानी इसका एक सुंदर दृष्टांत है। किसी ने पूछा कि मो जू जैसे मनुष्य तक को आत्माएं इतना कष्ट क्यों देती हैं ? 'क्या आत्माएं अक्ल से पैदल हैं ?' स्वयं मो जू ने आत्माओं को दोषी नहीं ठहराया। इसके बजाए उन्होंने कहा कि बीमारी पकड़ने के अनेक रास्ते हैं, जैसे सर्द, गर्म, थकान, वगैरह। "अगर घर के सैकड़ों दरवाजे हों और केवल एक बंद हो तो क्या डाकुओं को घुसने का रास्ता नहीं मिलेगा ?" यह उनका प्रश्न था। दूसरे शब्दों में, आत्माओं द्वारा दिया गया दंड बीमारी का एक कारण हो सकता है, मगर यह मात्र पर्याप्त कारण है न कि आवश्यक कारण। आत्माओं को ऐसी घटनाओं के कर्ता मानने से पूरी तरह इनकार न करके उनके विश्लेषण के लिए बुद्धिवाद का सहारा लेना विचार-परंपरा में उल्लेखनीय प्रगति का सूचक है। मो जू अपने काल से कितना आगे थे, इसे दिखाने के लिए हम एक और दृष्टांत दे सकते हैं। किसी ज्योतिषी ने एक बार मो जू से कहा कि वे उत्तर की ओर न जाएं क्योंकि उनका रंग सांवला था और उसी दिन उत्तर के काले ड्रैगन की हत्या होनेवाली थी। तब मो जू ने रंगों के बारे में अनेक वक्तव्य दिए और कहा कि अगर उस ज्योतिषी की बातें मान ली जाएं तो कहीं की कोई यात्रा किसी भी समय संभव न रहे।

यह अजीब बात है कि मोहीवादियों ने अपने बुद्धिवाद के साथ एक तीव्र धार्मिक भावना का भी समावेश किया। उनके शब्दों में, "स्वर्ग की इच्छा का पालन सच्चरित्रता का मानदंड है।" यह माना गया कि मृतकों की आत्माएं जीवित व्यक्तियों के कृत्यों पर निगाह रखती हैं। पर यह कैसे पता चले कि भूतप्रेतों और आत्माओं का अस्तित्व है? इसका उत्तर आसान है: आप जनता की वाणी को कैसे अनदेखा कर सकते हैं जो यह मानती है कि इनका अस्तित्व है? मगर उसी सांस में वे भाग्य *(फ़ेइ मिंग)* की निंदा करते हैं कि यह उद्यमशीलता और मितव्ययिता के लिए हानिकर है। मानव व्यवहार और समाज पर भाग्यवाद के बुरे प्रभावों के सिद्धिवादी (प्रैगमेटिक) तर्क को छोड़ दें तो उन्होंने अपने भाग्यविरोधी दृष्टिकोण के पक्ष में कोई दार्शनिक तर्क देने के लिए सर नहीं खपाया। स्वर्ग की इच्छा में विश्वास और भाग्य की निंदा का किस प्रकार तालमेल बिठाया जाए, यह मो ज़ू के लिए कभी कोई समस्या ही नहीं रही। स्वर्ग की इच्छा के पक्ष में जनता का विश्वास तथा भाग्य में विश्वास के नकारात्मक प्रभाव ही संभवतः इन दोनों का तालमेल बिठाने के लिए काफी समझे गए। मो ज़ू ने जनता की ओर से स्वर्ग की इच्छा की बात कही ताकि शासकों को भलाई के कामों के लिए प्रेरित किया जा सके और इस प्रकार "भूखों को भोजन मिले, ठंड से ठिठुरनेवालों को वस्त्र मिलें, और मशक्कत करनेवालों को कुछ आराम मिले।"

उपरोक्त उद्धरण से तथा मो दी के पूरे दर्शनशास्त्र के तेवर से उस कठोर जीवन का पता चलता है जो उनके काल में जनता का भाग्य था। अगर हालात बहुत प्रतिकूल न रहे होते तो यह माना जा सकता है कि उन्होंने जनता को अधिकारियों के खिलाफ बगावत के लिए ललकारा होता। मगर इसे छोड़ वे ज़्यादा से ज़्यादा पवित्र भावों की कल्पना ही कर सकते थे। उदाहरण के लिए राजसत्ता की उत्पत्ति की व्याख्या करते हुए मो ज़ू ने कहा कि शासक की सत्ता के दो ही स्रोत हैं, जनता की इच्छा और स्वर्ग की इच्छा। एक मानदंड की स्थापना के लिए जनता को शासक की निरपेक्ष सत्ता स्वीकार करनी चाहिए वरना उतने ही मानदंड होंगे जितने कि लोग हैं। इससे स्पष्ट है कि मोहीवाद ने सामंतवाद के विकास में कोई बाधा नहीं डाली। मो ज़ू का तर्क है कि शासक की सत्ता के बिना हर जगह अव्यवस्था फैल जाएगी और मानव समाज परिंदों-चरिंदों के समाज जैसा होकर रह जाएगा। इस कठिनाई पर काबू पाने के लिए "उन्होंने विश्व के सबसे सच्चरित्र और योग्यतम व्यक्ति का चुनाव किया और उसे स्वर्गपुत्र के पद पर विराजमान किया।" मो ज़ू बहुत चालाकी से इस प्रश्न पर चुप्पी साध लेते हैं कि ये 'वे' कौन हैं। विद्वानों के लिए इस 'वे' का अर्थ 'प्राचीन जन' लगाना बहुत आसान काम रहा है। मगर हमें यह सोचना पड़ता है कि स्वयं मो ज़ू इस तर्क की बेहूदगी से परिचित रहे होंगे जो इस प्रकार है: वह तो बहरहाल शासक है और इसलिए वह सत्तासंपन्न है। इसलिए बेहतर है कि उसे स्वर्गपुत्र तथा सच्चरित्र और योग्य व्यक्ति कहा जाए। शासकरूप में उसका *चयन* उसके सद्‌गुणों *के कारण* नहीं होता बल्कि इसके विपरीत, चूंकि वह एक शासक है इसलिए उस पर सद्‌गुण आरोपित कर दिए जाते हैं। मो ज़ू का निष्कर्ष था कि "देवताओं और आत्माओं ने राज्य की तथा नगरों की स्थापना

की और शासकों को पदासीन किया··· ताकि वे जनता को लाभान्वित करें और उसके विरोधियों का सफाया करें।'' इसके आधार पर मो जू ने यह आदेश जारी किया कि हर बात की इत्तला अपने अधिकारी को दी जाए और ''अधिकारी जिस बात को गलत या सही समझता है उसे सभी गलत या सही समझें।'' इसका एक निष्कर्ष यह भी है, ''हमेशा अपने उच्चस्थ की बात मानो और कभी अधीनस्थ का अनुसरण मत करो।''

जैसाकि कहा जा चुका है, राज्य और उसके शासक का प्रमुख कार्य 'मानदंडों का एकीकरण करना' है। इसके बिना लोग 'प्राकृत अवस्था' में लौट जाएंगे जिसका अर्थ अव्यवस्था और अराजकता होगा। इस तरह कलम की एक जुंबिश से मोहीवाद ने 'प्रकृति की ओर पलटने' के उस ध्येय को नष्ट कर दिया जो ताओवादी दर्शनशास्त्रियों के लिए मनुष्य का अन्तिम वैध और वांछनीय ध्येय रहा है। मगर इन बातों के बावजूद मोहीवादियों ने प्रकृति को समझने के लिए मोटे तौर पर एक वैज्ञानिक परिप्रेक्ष्य का विकास किया। प्रत्यक्ष, कारणत्व, तर्क-कार्य में सहमति और असहमति तथा समग्र और उसके अंगों के पारस्परिक संबंधों पर जोर देकर उन्होंने ऐसी तर्कप्रणाली स्थापित की जिसमें अपार क्षमताएं थीं। इसके अलावा मो जू की ज्ञानमीमांसा में भौतिकवाद के तत्व भी नजर आते हैं। वे कहते हैं कि तथ्यों द्वारा और वस्तुगत परिणाम द्वारा पुष्टि प्रामाणिक ज्ञान की कसौटी है। इस संबंध में यह जान लें कि *मो-जू* के छः अध्याय (अध्याय 40 से 45 तक) तर्कशास्त्र की दृष्टि से खासतौर पर दिलचस्प हैं। 'अधिनियम' कहे जानेवाले अध्याय 40 और 41 में तो कुछ तर्कशास्त्रीय, नीतिशास्त्रीय, गणितीय और वैज्ञानिक विचार भी प्रतिपादित किए गए हैं। अगले दो अध्याय 'अधिनियमों की व्याख्या' को समर्पित हैं जबकि अध्याय 44 और 45 में 'महत्वपूर्ण' और 'गौण' दृष्टांत दिए गए हैं। इन अध्यायों में नाम संप्रदाय का तार्किक खंडन भी किया गया। इस संप्रदाय के तत्वों की विवेचना हम अगले अध्याय में करेंगे। इन छः अध्यायों को कभी-कभी 'मोहीवादी अधिनियम' भी कहा जाता है। उनका अभिप्राय नाम संप्रदाय के वितंडे के विरोध में व्यवहार-बुद्धि के दृष्टिकोण के समर्थन के लिए ज्ञानशास्त्रीय और तर्कशास्त्रीय सिद्धांतों का विकास करना है।

'मोहीवादी अधिनियमों' का ज्ञानशास्त्रीय सारतत्व एक सरल और सुबोध यथार्थवाद का समर्थन करना है। व्यक्ति में ज्ञान का एक अंग होता है और जब यह अंग ज्ञान की वस्तु के संपर्क में आता है तब वह व्यक्ति उसका ज्ञान प्राप्त करता है। ज्ञानेंद्रियां और मन, ये दोनों ही ज्ञान की प्राप्ति के साधन हैं। ज्ञानेंद्रियां बाह्य वस्तुओं की जो छाप मन पर छोड़ती हैं, मन उसकी व्याख्या करता है। इस प्रकार प्राप्त ज्ञान तीन तरह का होता है : वह ज्ञान जिसे ज्ञाता अपने निजी अनुभव से प्राप्त करता है, वह ज्ञान जो किसी स्रोत से ज्ञाता तक पहुंचता है, और वह जिसे अनुमान से प्राप्त किया जाता है। ज्ञान की वस्तुओं के दृष्टिकोण से ज्ञान चार प्रकार का बताया गया है : नामों, वास्तविकताओं, संगति और क्रिया का ज्ञान। पहले दो प्रकार के ज्ञान और उनके संबंध में नाम संप्रदाय की दिलचस्पी थी। मोहीवादियों के लिए 'नाम' का अर्थ था ''वह

जिसके द्वारा किसी वस्तु के बारे में कोई बात कही जाए ।'' और 'वास्तविकता' का मतलब है, ''वह जिसके बारे में कुछ कहा जाए ।'' दूसरे शब्दों में 'वास्तविकता' और नाम 'यह एक फूल है' जैसी प्रस्थापना के क्रमशः उद्देश्य और विधेय हैं । संगति का अर्थ है ''वह जिसे पता हो कि किस नाम की संगति किस वास्तविकता से है ।'' संगति का ज्ञान हो तभी कोई व्यक्ति ऐसी प्रस्थापनाएं रख सकता है जिनमें ''नामों और वास्तविकताओं में युगलबंदी हो ।'' क्रिया के ज्ञान का अर्थ है ''कोई काम कैसे किया जाए, इसका ज्ञान ।''

'गौण दृष्टांत' संबंधी अध्याय में द्वंद्ववाद की विवेचना मिलती है ''जो सही और गलत में अंतर करता है ।'' इससे व्यवस्था-अव्यवस्था और ऐसी ही दूसरी बातों में अंतर करने में सहायता मिलती है । संक्षेप में, ''यह नामों और वास्तविकताओं के सिद्धांतों की पड़ताल करता है तथा शंकाओं और अनिश्चितताओं को दूर करता है ।'' इसके अलावा, ''यह सभी घटनाओं का निरीक्षण करता है और विभिन्न निर्णयों के क्रम और संबंध की छानबीन करता है ।'' इस अध्याय के पाठ में द्वंद्ववाद की सात विधियों का उल्लेख किया गया है । इस प्रकार निर्णय के सात प्रकार हो सकते हैं : विशिष्ट, परिकल्पनात्मक, आनुकरणिक (या निगमित), तुलनात्मक, समानांतर, सादृश्यमूलक, तथा आगमित (अर्थात् ज्ञात से अज्ञात की ओर बढ़ना) । पाठ में दो प्रकार के कारणों का भेद किया गया है, आवश्यक कारण (''जिसके होने पर कोई वस्तु आवश्यक नहीं कि वही हो, पर जिसके न होने पर वह वही कभी न होगी'') और आवश्यक एवं पर्याप्त कारण (''जिसके होने पर वस्तु अनिवार्यतः वही होगी और न होने पर कभी वही न होगी'') । स्पष्ट है कि मोहीवादियों ने पर्याप्त कारण को स्वतंत्र रूप से मान्यता नहीं दी ''जिसके होने पर वस्तु अनिवार्यतः वही होगी, पर न होने पर वही हो भी सकती है और नहीं भी हो सकती है ।'' प्रसंगवश यह भी कह दिया जाए कि मो जू ने द्वंद्ववाद का उपयोग सर्वव्यापी प्रेम, स्वर्ग की इच्छा, मनुष्य की इच्छा, आदि के बारे में अपने संप्रदाय की दार्शनिक प्रस्थापनाओं को स्पष्ट और पुष्ट करने के लिए किया है ।

परवर्ती मोहीवादियों के बारे में यहां कुछ शब्द कहना अप्रासंगिक न होगा । उन्होंने मो जू के ज्ञानसिद्धांत और द्वंद्ववाद को उनसे भी अधिक विकसित किया । उनकी खास दिलचस्पी अपने संप्रदाय के प्रमुख प्रवक्ता द्वारा रूपायित उपयोगितावादी दृष्टिकोण को और भी विकसित करने में थी । उनका कथन है कि सभी मानवीय क्रियाकलाप का ध्येय लाभ पाना और क्षति से बचना है । इसलिए जो कुछ लाभकर है, वही शुभ है । इसलिए *मो-जू* के 'महत्वपूर्ण दृष्टांत' वाले अध्याय में कहा गया है कि कभी-कभार पूरे हाथ की सुरक्षा के लिए एक उंगली काटना आवश्यक हो सकता है । किसी बड़ी हानि से बचने के लिए कोई छोटी हानि उठा लेना कोई हानि नहीं होती । ''लाभों में उन्हें चुनो जो सबसे बड़े हैं, हानियों में उन्हें चुनो जो सबसे छोटी हैं ।'' परवर्ती मोहीवादियों की शुभ और लाभकर की परिभाषा का आधार यही है । वे पहले लाभकर की परिभाषा इस प्रकार करते हैं कि ''यह वह है जिसकी प्राप्ति से प्रसन्नता होती है'', और फिर इस धारणा के प्रकाश में सद्गुणों

('शुभ क्या है ?') को परिभाषित करते हैं। यहां तक कि सर्वव्यापी प्रेम को भी अगर सद्‌गुण के रूप में स्वीकार किया जाना है तो उसे भी इस परीक्षा से गुजरना होगा। परवर्ती मोहीवादी तमाम तरह की संभावित आपत्तियां उठाकर और उनके उत्तर देकर सर्वव्यापी प्रेम जैसे सद्‌गुणों की आवश्यकता सिद्ध करते हैं। मिसाल के लिए सर्वव्यापी प्रेम के प्रति एक आपत्ति यह उठाई जाती है कि लोगों की संख्या अनंत है और अनंतत्व का सर्वव्यापी प्रेम के साथ कोई तालमेल नहीं, इसलिए यह धारणा अव्यावहारिक है। इस आपत्ति का यह उत्तर दिया गया है कि "जिसे असीम माना जाता है, वह ससीम है।"

परवर्ती मोहीवादियों द्वारा अन्य संप्रदायों की आलोचना और दूसरों द्वारा अपने संप्रदाय की आलोचना के लिए दिए गए उत्तर उनका एक और योगदान है। नाम संप्रदाय के खिलाफ हथियार तो 'मोहीवादी अधिनियम' में ही उठाया जा चुका था। परवर्ती मोहीवादियों ने ताओवादियों को भी उन संप्रदायों की सूची में जोड़ लिया जिनका खंडन वे करना चाहते थे। अन्य संप्रदायों की उनके द्वारा की गई आलोचना में सच्चाई का चाहे जितना अंश हो और अपने सिद्धांतों के पक्ष में उनके तर्क चाहे जितने कमजोर हों, मगर यह एक तथ्य है कि ज्ञानशास्त्र और तर्कशास्त्र की एक सुस्पष्ट प्रणाली के विकास की दिशा में प्राचीन चीन के किसी भी अन्य संप्रदाय की अपेक्षा मोहीवादियों ने अधिक गंभीर प्रयास किए। दार्शनिक विचारपरम्परा में उनका सबसे सार्थक योगदान यही है।

अध्याय 6

# नाम संप्रदाय

नाम संप्रदाय को *मिंग चिया* भी कहा जाता है। इस संप्रदाय की दिलचस्पी नामों और वास्तविकताओं के अंतर और उनके पारस्परिक संबंधों में है। आमतौर पर यह कहा जाता है कि इस संप्रदाय के दर्शनशास्त्री तार्किक या द्वंद्ववादी कम और वितंडावादी अधिक होते हैं। इस संप्रदाय के दर्शनशास्त्रियों को *प्येन चे* (विवादी) कहा जाता है और इस संप्रदाय का घोषित उद्देश्य *मिंग* (नाम) और *शिह* (वास्तविकता) के बीच संबंध स्थापित करना है। जैसाकि पिछले अध्याय में संक्षेप में बताया गया है, *मिंग* और *शिह* का अंतर 'यह एक फूल है' या 'मैत्री एक बच्ची है' जैसी प्रस्थापनाओं में उद्देश्य और विधेय के अंतर से मेल खाता है। इनमें 'यह' और 'मैत्री' *शिह* (वास्तविकता) है जबकि 'फूल' और 'बच्ची' *मिंग* (नाम) है। इस संप्रदाय के प्रतिनिधि अपने विरोधाभासी वक्तव्यों के लिए विवाद के लिए तैयार रहने के कारण दूसरों द्वारा स्वीकृत बातों के खंडन और दूसरों द्वारा खंडित बातों के मंडन के लिए मशहूर रहे हैं। ताओवादी च्वांग-जू ने इस संप्रदाय के प्रमुख प्रवक्ता कुंग-सुन लुंग के मुंह से जो कुछ कहलवाया है, वह इस संप्रदाय के दृष्टिकोण और उसकी पद्धतियों को बहुत अच्छे ढंग से सामने रखता है : "मैंने समानता और भिन्नता को एक किया है तथा कठोरता और श्वेतत्व को अलग-अलग किया है। मैंने असंभव को संभव सिद्ध किया है और जिसका दूसरे खंडन करते हैं उसका मैंने मंडन किया है। मैंने स"ी दर्शनशास्त्रियों के ज्ञान को चुनौती दी है और अपने खिलाफ दिए गए सभी तर्कों का खंडन किया है।" उसका यह कहना कि उसने 'सभी दर्शनशास्त्रियों के ज्ञान को चुनौती दी है', बकवास के अलावा कुछ नहीं है मगर इससे अधिक प्रासंगिक बात यह है कि दार्शनिक ज्ञान के भंडार में उसका अपना योगदान बहुत तुच्छ है।

देंग शी, हूवी शिह, ध्वन और कुंग-सुन लुंग इस संप्रदाय के कुछ प्रमुख नेता रहे हैं। देंग शी की कृतियां तो सुरक्षित नहीं रह पाई हैं पर कहा जाता है कि वह अपने समय का बहुत बदनाम वकील था। *देंग-शी-जू* नामक एक कृति जरूर मिलती है मगर यह उसके नाम से मंसूब एक जाली किताब है। चेंग राज्य का यह बाशिंदा जू-छन

नामक मंत्री का विरोधी था और उसे कई मुकदमों में नीचा दिखा चुका था। बहस के लिए कुलबुलाते हुए इस शख्स को इस बारे में कोई चिंता न थी कि क्या सही और क्या गलत है। वह किसके पक्ष में बोल रहा है या किसके विपक्ष में, इसके अनुसार उसके मानदंड हमेशा बदलते रहते थे। *ल्व-शिह-छ्वन-छ्यू* में उसके बारे में एक कहानी कही गई है। एक बार एक मल्लाह ने वेइ नदी में डूबकर मरे किसी शख्स की लाश निकाली और उसने मृतक के एक रिश्तेदार से उसकी लाश देने के बदले एक भारी रकम मांगी। तब वह आदमी देंग शी के पास गया जिसने उसे धीरज रखने को कहा और बोला : "रुको, लाश पर अभी किसी और ने दावा नहीं किया है।" इस बीच मल्लाह ने भी उससे संपर्क किया और उसे भी यही सलाह इन शब्दों के साथ दी गई : "रुको, कोई और नहीं जिससे लाश पाने के लिए दावा किया जा सके।" यह कहानी मात्र यह बतलाती है कि देंग शी 'कानून के शब्दों' का उस्ताद था। यह एक दिलचस्प जानकारी है कि इस संप्रदाय के प्रतिनिधियों के जो भी वर्णन उपलब्ध हैं, उनमें उनका मखौल ही उड़ाया गया है। 'न्याय' के नाम पर सामंती व्यवस्था में जो कुछ प्राप्य था, उसमें निश्चित ही वे बाधक रहे होंगे। इन विधियों से उन्होंने जनता की मदद की या नहीं, यह तो संदिग्ध है, मगर 'न्याय' को हास्यास्पद दिखाकर उन्होंने अपने लिए निश्चित ही भारी-भारी रकमें बनाईं। वास्तविकताओं के बजाए नामों की ओर लोगों को अधिक आकर्षित करने के अलावा देंग शी का दर्शनशास्त्र में कोई भी वास्तविक योगदान नहीं है। उसके लिए सामान्य का महत्व विशिष्ट से अधिक था और यही उसके पूरे संप्रदाय की मूल भावना है।

इस संप्रदाय के वास्तविक निर्माता ह्वी शिह और कुंग-सुन लुंग हैं। ये दोनों इस संप्रदाय की अलग-अलग प्रवृत्तियों के प्रतिनिधि थे। उन्होंने क्रमशः 'सापेक्ष वास्तविकता' और 'निरपेक्ष नाम' पर जोर दिया। कहा जाता है कि ह्वी शिह ने वेइ के शासक ह्वी (370-319 ई.पू.) के लिए कानून बनाए थे और इन कानूनों को जनता अच्छा मानती थी। उसका काल 350 और 260 ई.पू. के बीच है। वह आज के हनान प्रांत में स्थित सुंग राज्य का रहनेवाला था। वह वेइ के शासक ह्वी का प्रधानमंत्री था। उसका नाम तथाकथित 'मोटापे से रहित का सिद्धांत' के साथ जोड़ा जाता है। कुंग-सुन लुन वेइ का रहनेवाला था जिसका पता इस कहानी से चलता है कि चओ और छिन राज्यों के बीच एक समझौता हुआ था। लेकिन जब छिन ने वेइ पर हमला किया तो चओ ने वेइ का साथ दिया जिसके कारण छिन ने उससे अपना विरोध व्यक्त किया। तब, कहते हैं कि कुंग-सुन लुंग ने यह टिप्पणी की थी कि चओ को भी छिन द्वारा समझौते के उल्लंघन पर विरोध व्यक्त करना चाहिए था और इसके लिए यह कहना चाहिए था कि चओ वेइ को बचाना चाहता था मगर छिन इसमें बाधा डाल रहा था। उसकी दार्शनिक गतिविधियों का काल 284-259 ई. पू. है। दर्शनशास्त्र के क्षेत्र में उसका नाम तथाकथित 'कठोरता एवं श्वेतत्व के सिद्धांत' से जुड़ा है।

इन दोनों के बीच अंतर मात्र औपचारिक है। वास्तविकताओं के संबंध से नामों के जो विश्लेषण उन्होंने किए हैं, अगर उन्हें देखें तो यह बात स्पष्ट हो जाएगी। प्रस्थापना 'यह एक फूल है' में 'यह' का इशारा एक निःस्थायी (इंपरमानेंट) और ठोस वास्तविकता की ओर है तो 'फूल' का इशारा एक अपरिवर्तनीय अमूर्त प्रवर्ग (कैटेगरी) या नाम की ओर है। 'नाम' निरपेक्ष है जबकि 'वास्तविकता' सापेक्ष है। इसी तरह 'सौंदर्य' एक नाम है जो निरपेक्षतः सुंदर का सूचक है, मगर 'एक सुंदर वस्तु' एक ऐसी वास्तविकता है जो मात्र सापेक्षतः सुंदर है। इसका अर्थ है ठोस वस्तुओं से अलग सार्वभौमों को मान्यता देना। 'सामान्यता' स्थायी है, मगर वह विशिष्ट वस्तु जिसमें वह व्यक्त होती है, स्थायी नहीं है। सामान्य को *चिह* और विशिष्ट को *वू* कहा जाता है।

हूवी शिह की कृतियां नष्ट हो चुकी हैं पर उसके विचार उन दस नुक्तों की शृंखला से जाने जा सकते हैं जिन्हें ताओवादी च्वांग-जू ने दर्ज किया है। ये नुक्ते विरोधाभासपूर्ण वक्तव्यों के रूप में हैं। मगर केवल देखने में ऐसा है, वास्तव में वे नामों और वास्तविकताओं के विचार तथा वस्तुओं की सापेक्षता को व्यक्त करते हैं। इनमें पहला *नुक्ता* इस प्रकार है : "महानतम अपने-आपसे परे कुछ नहीं है और उसे महान कहा जाता है। लघुतम में अपने-आपमें कुछ नहीं और उसे लघु कहा जाता है।" यह एक विश्लेषणात्मक प्रस्थापना है जो 'वास्तविक' के बारे में कुछ भी नहीं कहती क्योंकि वास्तविक विश्व में क्या महानतम है और क्या लघुतम है, इनकी अमूर्त धारणाओं या नामों का उल्लेख मात्र किया गया है। एक कहानी 'शरद की बाढ़' नाम से प्रचलित है जिसमें कहा गया है कि पीत नदी की आत्मा बड़े घमंड से नीचे की ओर चलकर समुद्र तक पहुंची और वहां उसे यह एहसास हुआ कि एक 'महान' नदी होने के बावजूद वह कितनी 'क्षुद्र' थी। इसी प्रकार समुद्र की आत्मा ने भी महसूस किया होगा कि वह स्वर्ग और पृथ्वी से क्षुद्र है, मगर तो भी वह बाल की नोक जितनी क्षुद्र नहीं है। इसी कारण से समुद्र की आत्मा ने घोषणा की कि "मनुष्य जो कुछ जानते हैं वह उससे कम है जिसे वे नहीं जानते। जितने समय वे जीवित रहते हैं वह उस समय से कम है जिसमें वे जीवित नहीं रहते।" तो फिर हम कैसे जानें कि लघुतम क्या है और महानतम क्या है? मगर आमतौर पर लघुतम वह है जिसका कोई रूप न हो और महानतम वह है जो किसी भी अन्य वस्तु में न समा सके। यह कहना कि 'स्वर्ग और पृथ्वी महानतम हैं' और 'बाल की नोक लघुतम है' मात्र एक संश्लिष्ट प्रस्थापना को सामने रखना है। ये दोनों ही प्रस्थापनाएं गलत साबित हो सकती हैं क्योंकि उनकी सच्चाई मात्र सांयोगिक है। सत्य का आधार अनुभव होता है और ये दोनों ही वक्तव्य इस अर्थ में सही हैं कि वास्तविक अनुभव के सहारे हम कभी भी यह फैसला नहीं कर सकते कि महानतम क्या है और लघुतम क्या है। ये अर्थात् महानतम और लघुतम, इस प्रकार निरपेक्ष और अपरिवर्तनीय घटनाएं हैं। पर वास्तविक ठोस वस्तुओं के गुण और अंतर ऐसे नहीं हैं। वे सापेक्ष

और परिवर्तनीय हैं।

इसी के साथ हम शेष *नुक्तों* पर पहुंचते हैं जिनमें वस्तुओं की सापेक्षता दर्शाई गई है। *नुक्ता दो :* "वह जिसमें मोटापा नहीं है उसे (मोटापे में) नहीं बढ़ाया जा सकता, मगर फिर भी वह इतना विशाल है कि एक हजार मील तक का क्षेत्र घेर सकता है।" इसका अर्थ यह है कि मोटापे के गुण की न्यूनतम सीमा एकदम अनिर्धारणीय है। *नुक्ता तीन :* "स्वर्ग भी उतना ही नीचे है जितनी कि पृथ्वी, और पहाड़ों का स्तर दलदलों के स्तर के बराबर है।" *नुक्ता चार :* "दोपहर का सूरज एक अस्तोन्मुख सूरज होता है और नवजात प्राणी एक मरता हुआ प्राणी होता है।" इसका अर्थ यह है कि हर वस्तु परिवर्तनशील और परिवर्तनशील है। *नुक्ता पांच :* "महान समानता क्षुद्र समानता से भिन्न है।" इससे यह संकेत मिलता है कि सभी वस्तुएं कुछ अर्थों में समान मगर कुछ अन्य अर्थों में असमान होती हैं। मनुष्य, पशु और वस्तुएं जैसे शब्दों को लें। इनमें बाद में आनेवाला हर प्रवर्ग अपने पहलेवाले प्रवर्ग की अपेक्षा अधिक सार्वभौम है। सार्वभौम प्रवर्ग से संबंधित होने के कारण वे समान हैं पर अपनी एक विशिष्टता से युक्त होने के कारण हर वस्तु दूसरे से भिन्न है। *नुक्ता छः :* "दक्षिण की कोई सीमा नहीं मगर फिर भी उसकी एक सीमा है।" अर्थ यह है कि असीम और ससीम, दोनों सापेक्ष अर्थ में ही ऐसे हैं। *नुक्ता सात :* "मैं यूवेह राज्य के लिए आज चल रहा हूं और कल ही वहां पहुंच गया था।" यहां आज जो 'कल' है वह कल 'आज' रहा होगा और आज का 'आज' आगामी कल के लिए गुजरा हुआ 'कल' होगा। यहां मात्र यह विचार व्यक्त किया गया है कि अतीत और वर्तमान को एक-दूसरे के सापेक्ष ही ऐसा कहा जाता है। *नुक्ता आठ :* "जुड़े हुए छल्ले अलग-अलग किए जा सकते हैं," अर्थात् निर्माण और विध्वंस मात्र सापेक्ष धारणाएं हैं। *नुक्ता नौ :* "मुझे विश्व के केंद्र का पता है। यह येन (चीन के एकदम उत्तरी छोर) के उत्तर और यूवेह (चीन के एकदम दक्षिणी छोर) के दक्षिण में है।" इसका अर्थ यह हुआ कि विश्व सीमाहीन है और इसलिए उसका कोई विशेष केंद्र नहीं है। *नुक्ता दस :* "सभी वस्तुओं से एकसमान प्रेम करो कि स्वर्ग और पृथ्वी एक ही हैं।" इसका अर्थ यह है कि प्रत्येक वस्तु निरंतर परिवर्तनशील है और इसलिए तार्किक दृष्टि से सभी वस्तुएं एक हैं।

कुंग-सुन लुंग ह्वी शिह से भी बड़ा वितंडावादी था। ह्वी शिह ने तो वास्तविकताओं अर्थात् विशिष्ट, ठोस वस्तुओं के सापेक्ष और निःस्थायी होने पर जोर दिया था, मगर कुंग-सुन लुंग ने नामों अर्थात् सामान्य और अमूर्त वस्तुओं के निरपेक्ष और स्थायी होने पर जोर दिया। वह अपनी दो वार्ताओं के कारण प्रसिद्ध है जिनमें एक सफेद घोड़े के बारे में और दूसरी कठोरता और श्वेतत्व के बारे में है। ये प्रस्थापनाएं इस प्रकार हैं : "सफेद घोड़ा घोड़ा नहीं होता" और "कठोरता तथा श्वेतत्व अलग-अलग हैं।" उसके अनुसार पहली प्रस्थापना को तीन तरह से साबित किया जा सकता है। पहला, इस प्रस्थापना की तीन बातों के अभिप्राय भिन्न-भिन्न हैं—'सफेद' रंग का, 'घोड़ा'

आकृति का, और दूसरा 'घोड़ा' वस्तु का सूचक है। वह जो रंग का सूचक है, वही नहीं है जो आकृति का सूचक है। दूसरे, 'घोड़ा' हो सकता है किसी रंग का न हो, मगर 'सफेद घोड़ा' अन्य सभी रंगों को खारिज करता है। 'घोड़ा' में कोई रंग न तो शामिल है और न ही खारिज है, मगर 'सफेद घोड़ा' में दोनों बातें हैं। मुद्दे का फैसला जिस बात से होता है वह यह है कि वह जो खारिज नहीं है, वही नहीं है जो खारिज है। तीसरे, शब्दों के विस्तार से हमेशा एक अंतर आता है। कल्पना के स्तर पर बिना किसी रंग का घोड़ा मुमकिन है। खैर, चाहे जो हो, इन दो सार्वभौमों, यानी घोड़ापन और सफेद-घोड़ापन में अंतर है।

दूसरी प्रस्थापना है कि "कठोरता और श्वेतत्व अलग-अलग हैं।" कुंग-सुन लुंग के अनुसार इसे दो तरह से साबित किया जा सकता है। ज्ञानमीमांसा की दृष्टि से यह तर्क दिया जा सकता है कि अभिव्यक्ति 'कड़ा सफेद पत्थर' में दो प्रवर्ग हैं, न कि तीन। प्रत्यक्ष जिनका किया जाता है वे हैं (स्पर्श के द्वारा) कठोरता, और (दृष्टि के द्वारा) श्वेतत्व। इसलिए या तो कड़ा पत्थर होगा या सफेद पत्थर, मगर किसी कड़े सफेद पत्थर का प्रत्यक्ष संभव नहीं है। तत्वमीमांसा की दृष्टि से यह तर्क दिया जा सकता है कि उस विशिष्ट वस्तु के संदर्भ में कठोरता और श्वेतत्व सार्वभौमों के रूप में अनिश्चित हैं। ये किसी भी और सभी कड़ी और कठोर वस्तुओं में व्यक्त होते हैं। कल्पना के स्तर पर कठोरता और श्वेतत्व का कोई धारक न हो तो भी उनका अस्तित्व संभव है। इस प्रकार सिद्ध हुआ कि ये दोनों भिन्न-भिन्न हैं। डेर्क बोड ने बहुत सही बात कही है कि आधुनिक दर्शन की भाषा में कहा जाए तो कुंग-सुन लुंग का कहना यह है कि "ब्रह्मांड की विशिष्ट वस्तुएं सार्वभौमों की एक अनंत संख्या से बनी हुई हैं जो हमेशा अपरिवर्तित और एक-दूसरे से भिन्न रहते हैं, हालांकि जिन भौतिक वस्तुओं में वे अस्थायी रूप से व्यक्त होते हैं या संयुक्त होते हैं, वे परिवर्तित या नष्ट हो सकती हैं।"

यह बात भी ध्यान में रखी जानी चाहिए कि देंग शी, ह्वी शिह और कुंग-सुन लुंग तथा नाम संप्रदाय के सभी वितंडावादियों की सारी बहसें शब्दों और धारणाओं के साथ खिलवाड़ मात्र हैं, न कि यथार्थ की व्याख्या या उसका आकलन। दर्शनशास्त्र में इस संप्रदाय की दिलचस्पी शुद्धतः सैद्धांतिक थी और समाज के घटनाक्रम से उसका कोई भी प्रत्यक्ष संबंध न था। ह्वी शिह तो सभी 'सम्मानजनक पदों के उन्मूलन' का समर्थक था जबकि कन्फ्यूशियसवादी, विधिवादी या मोहीवादी इसके नाम से ही चिढ़ते। मगर यह उसका आदर्श न था और न ही उसने यह सुझाया कि ऐसा क्यों और किस तरह किया जाना चाहिए। श्वन-ज़ू ने उन पर जो टिप्पणी की है वह आज भी सही है। वह केवल इन वितंडावादियों के ही लिए सही नहीं है। वह टिप्पणी इस प्रकार थी : "नामों की परिभाषा में उन्हें महारत हासिल थी, मगर मानवीय भावनाओं पर उनकी कोई निगाह न थी। वे बाल की खाल निकालते थे, मगर वास्तविक आवश्यकताएं पूरी नहीं कर सकते थे। वे

आलोचना-प्रेमी थे मगर व्यर्थ के जीव थे और बहुत-कुछ करनेवाले थे, मगर उसके बहुत मामूली परिणाम निकले।"

प्राचीन चीन में वैज्ञानिक विचारपरंपरा के विकास में योगदान दे सकने के लिए मोहीवाद और नाम संप्रदाय में जो क्षमताएं थीं, उनकी विवेचना करते हुए जोसफ नीधम ने कहा है कि "इन संप्रदायों के विचारकों ने जो बुनियादें रखने की कोशिशें कीं उन पर प्राकृतिक विज्ञानों का एक महल खड़ा हो सकता था। उनके बारे में सबसे महत्वपूर्ण बात संभवतः यह है कि उनमें अरस्तूवादी तर्कशास्त्र की जगह द्वंद्वात्मक तर्कशास्त्र की एक स्पष्ट प्रवृत्ति दिखाई देती है, वे इसे विरोधाभासों और प्रतिवादों में व्यक्त करते हैं तथा तज्जनित अंतर्विरोधों और गतिशील यथार्थ के प्रति सचेत हैं।" यहां गंभीर वैज्ञानिक कार्यकलाप के सिलसिले में नाम संप्रदाय की क्षमता को आवश्यकता से बढ़ाकर बताया गया है, मगर इसके बारे में हम कुछ गुंजाइश रखें तो भी यह कहा जाएगा कि यह संप्रदाय दो प्रमुख प्रश्नों पर बहुत मामूली अंतर से चूक गया है। ये प्रश्न हैं, पदार्थ की अनश्वरता और परमाणुवाद। कुछ अत्यंत दिलेराना और सूक्ष्म बातें कहने के बाद अगर उन्होंने कुछ और तार्किक कदम उठाए होते तो निश्चित ही विश्व में उनका एक स्थान होता। इसकी संभावना, उदाहरण के लिए, ह्वी शिह के इस विरोधाभास में दिखाई देती है : "अगर एक फुट लंबी डंडी को प्रतिदिन आधा काटा जाए तो भी दस हजार पीढ़ियों के बाद भी उसका कुछ न कुछ भाग बचा रहेगा।" यहां तर्कविद्या का जरा-सा ज्यादा और वितंडा का कुछ कम उपयोग किया गया होता तो स्थिति बिलकुल भिन्न होती। मगर स्थिति आज यह है कि उन्हें तो परले दर्जे का वितंडावाद ले डूबा और उसी के कारण उनमें नजर आनेवाली बेपनाह तार्किक बुद्धि भी कूड़े का ढेर बनकर रह गई।

अध्याय 7

# यिन-यांग संप्रदाय

*यिन-यांग* संप्रदाय चीनी दर्शनशास्त्र का निश्चित ही एक बहुचर्चित संप्रदाय रहा है। मगर अंतर्वस्तु की दृष्टि से देखें तो यह एक नीतिशास्त्र के रूप में कम उन्नत और दर्शनशास्त्र के रूप में कम प्रेरणाप्रद है। चीनी दर्शनशास्त्र के इतिहासकारों के बीच इसकी लोकप्रियता इसके गहरे रहस्यवाद के कारण रही है। *यिन-यांग च्या* को बजा तौर पर ब्रह्मांड-मीमांसकों का संप्रदाय कहा जा सकता है और फुंग यू-लन ने उसे यही बतलाया है। इस संप्रदाय का प्रमुख सिद्धांत यह है कि *यिन* और *यांग* दो प्रमुख मूलतत्व हैं। इनमें एक स्त्री तत्व है और एक पुरुष तत्व है और इन्हीं के संयोग और अंतःक्रिया से ब्रह्मांड की सभी परिघटनाओं का जन्म होता है। चूंकि *यिन-यांग* शक्तियों के सिद्धांत से पंचतत्वों के सिद्धांत को अलग नहीं किया जा सकता इसलिए उसकी विवेचना भी साथ ही की जानी चाहिए। इस संप्रदाय के बारे में चीनी दर्शनशास्त्र का सबसे महत्वपूर्ण ग्रंथ *परिवर्तन ग्रंथ* है। यह ग्रंथ संख्याओं और उनके संयोगों के रहस्यीकरण से भरा है और इसमें ऐसे-ऐसे षड्भुज (हिक्साग्राम) दिए हुए हैं जिनकी अनेक और असंभव व्याख्याएं की जा सकती हैं। नीधम के विचार में *परिवर्तन ग्रंथ (इ-चिंग)* में 'विस्तृत प्रतीकात्मक संरचना का वैज्ञानिक, बल्कि आद्य-वैज्ञानिक उपयोग' हमें नजर आता है।

प्राचीन चीन में गुह्यविद्यावादियों को *फ़ंग शिह* कहा जाता था, और वे अपनी गुह्य कलाओं का कितना और कैसे व्यवहार करते थे, इसके आधार पर अक्सर उनको छः वर्गों में बांटा जाता है। नक्षत्रविद्या, पंचांग, पंचतत्व, सहस्रपर्णी (मिल फायल) पौधे की डंडी, कछुवे के ढांचे या बैल की हड्डी के सहारे भविष्योक्ति, दूसरे प्रकार की भविष्योक्ति तथा रूपों की प्रणाली, ये ही दिलचस्पी के छः क्षेत्र और विभिन्न व्यक्तियों या समूहों के लिए गुह्यविद्या-अभ्यास के साधन थे। सामंती चओ राजवंश के काल में कुलीन परिवारों के पास इन सभी या कुछेक शाखाओं के अपने विशेषज्ञ हुआ करते थे। मगर सामंतवाद के विघटन और सामंती नौकरशाही के जड़ें जमाने के बाद ये विशेषज्ञ इधर-उधर बिखर गए। उसके बाद जनता के बीच गुह्यविद्याओं का प्रचलन पहले से कहीं बहुत बढ़ गया। नक्षत्रविद्या में

28 तारामंडलों को क्रमबद्ध किया गया, पंचग्रहों और सूर्य तथा चंद्रमा की कलाओं पर ध्यान दिया गया और इस प्रकार सौभाग्य-दुर्भाग्य की भविष्यवाणियां की गई। पंचांगों का संबंध चार मौसमों की व्यवस्था और विषुव-वृत्तों तथा संक्रांतियों के समय के तालमेल से था। इसमें भाग्य की भविष्यवाणी के लिए सूर्य, चंद्रमा तथा पंचग्रहों के काल के समन्वय पर ध्यान दिया जाता था। यह माना गया कि पंचतत्व पंचशक्तियों की गति से उत्पन्न हुए हैं और यही विश्वास गुह्यविद्या का आधार बन गया। भविष्योक्ति के लिए सहस्रपर्णी की डंडियों को इस प्रकार फेंका जाता था कि उनसे संख्याएं बनें। उस आधार पर भविष्योक्ति की जाती थी। आरंभिक शांग राजवंश की ऐतिहासिकता की विवेचना करते समय कछुवे के ढांचे या बैल की हड्डी से भविष्योक्ति की चर्चा हम पहले अध्याय में ही कर आए हैं। उपरोक्त लोकप्रिय विधियों के अलावा भविष्योक्ति के अन्य रूप भी थे। अंत में, रूपों की प्रणालीवाली गुह्यविद्या का संबंध एक प्रकार के आकृतिविज्ञान से था।

इस प्रकार स्पष्ट है कि विश्व की अन्य सभ्यताओं की तरह चीन में भी आरंभ में गुह्यविद्या ने वैज्ञानिक विचारों के प्रथम स्रोत का काम किया। आरंभिक जादू का अंधविश्वासपूर्ण चरित्र अपनी जगह पर है, मगर उसने प्रकृति की सकारात्मक व्याख्या करने और उसकी प्रक्रियाओं की समझ प्राप्त करके उसे मनुष्य की सेवा में लगाने का प्रयास जरूर किया। प्रसंगवश कह दें कि इसके कारण अंधविश्वासों के प्रभाव का जारी रहना उचित नहीं ठहराया जा सकता क्योंकि आरंभ में विज्ञान और जादू के सहअस्तित्व के बावजूद आगे चलकर दोनों की राहें अलग-अलग हो गई। प्राकृतिक शक्तियों की पहचान और उनकी कारगुजारी की एक कच्चीपक्की व्याख्या, उस आरंभिक अवस्था में उम्मीद भी बस इतने की ही की जा सकती थी। चीनी चिंतनपरंपरा के इतिहास में यह काम *यिन-यांग* संप्रदाय ने किया था।

छी राज्य के त्सओ येन (350-270 ई. पू.) को चीन में वैज्ञानिक चिंतनपरंपरा का वास्तविक संस्थापक माना जाता है। वे ही पंचतत्वों के सिद्धांत के प्रतिपादक भी थे। *यिन-यांग* संप्रदाय की उत्पत्ति उन्हीं से हुई है गोकि यह भी मुमकिन है कि इस संप्रदाय के अनेक विचार पहले से प्रचलित रहे हों। इस स्थिति में उन्हें इस संप्रदाय के संस्थापक के बजाए इसको व्यवस्थित रूप देनेवाला मानना चाहिए। कुछेक मामलों में ताओवादी सिद्धांतों से मिलते-जुलते *यिन-यांग* संप्रदाय का आधार प्रकृतिवादी दृष्टिकोण है। मगर ताओवादियों के विपरीत, त्सओ येन ने दरबारी जीवन को त्यक्त नहीं माना। वास्तव में, कहा जाता है कि उन्हें अनेक राजाओं ने आदर दिया था क्योंकि उन्होंने रंगों और राजवंशों के सहसंबंध के अपने विचित्र सिद्धांत से उन्हें अभिभूत कर दिया था। कहते हैं कि वे भारी लिक्खाड़ थे, मगर उनकी कृतियां आज उपलब्ध नहीं हैं। फिर भी हमें उनके विचार *शिह छी* (ऐतिहासक ग्रंथ) से ज्ञात होते हैं। इस स्रोत के अनुसार उनकी विधि यह थी कि छोटी वस्तुओं से अपनी पड़ताल शुरू करते, फिर बड़ी वस्तुओं को लेते और अंत में असीम तक पहुंचते। इस प्रकार उन्होंने पर्वतों, नदियों, पक्षियों, पशुओं, मिट्टी, आदि के वर्गीकरण से

अपना काम आरंभ किया ''और फिर जो कुछ मनुष्य ने देखा और जाना था उससे भी आगे बढ़ गए।'' अपने काल के विश्लेषण के बाद और एक-एक चरण करके प्राचीन काल की ओर बढ़कर उन्होंने अपना इतिहासदर्शन भी प्रतिपादित किया। उन्होंने एक चक्रीय प्रक्रिया की खोज की जो 'पंचशक्तियों के चक्करों और रूपांतरणों के अनुरूप' थी। जैसाकि कहा जा चुका है, हर शक्ति एक विशेष रंग और एक विशेष राजवंश से संबंधित थी।

*यिन-यांग* संप्रदाय के माध्यम से चीनी दर्शन के जिन पंचतत्वों को मान्यता दी गई है वे जल, अग्नि, काष्ठ, धातु और पृथ्वी हैं। इनको *वू शिंग* कहते हैं और इनमें हरेक की अपनी प्रकृति होती है। ये स्थिर नहीं बल्कि गतिशील हैं और आपस में अंतःक्रियाएं करते हैं। *शिंग* का अर्थ है 'क्रिया करना' और इसलिए *वू शिंग* (पंचतत्व) का अर्थ 'पांच गतिविधियां' या 'पांच कर्ता' भी है। इनको 'पंचशक्ति' *(वू द)* भी कहते हैं। *वू शिंग* का पहला उल्लेख 'महान मानक नियम' *(हुंग फन)* में मिलता है जो *इतिहास ग्रंथ* का एक अध्याय है। इस सिद्धांत को राजा *ख* से मंसूब किया जाता है जो बाईसवीं सदी ई. पू. में श्या राजवंश का मिथकीय संस्थापक है। मगर 'महान मानक नियम' वाला अध्याय मात्र चौथी या तीसरी सदी ई. पू. का है। इन पंचतत्वों को विभिन्न क्रमों में रखा गया। ब्रह्मांड मीमांसकीय क्रम, पारस्परिक उत्पादन का क्रम और पारस्परिक विजय, इनमें से कुछेक क्रम हैं। कालांतर में प्रत्येक परिकल्पनीय प्रवर्ग की उन वस्तुओं में ये सब समाहित हो गए जिनको पंचवर्गों में विभाजित किया जा सकता हो। चीनी भाषा में *चिन, मू, श्वी, हुओ* और *थू* के नामों से ज्ञात इन पंचतत्वों के संदर्भ में अत्यंत विस्तृत और देखने में प्रतीकात्मक सहसंबंध विकसित किए गए। जो काम 'भौतिक वस्तुओं के मूलभूत गुणों के तदर्थ वर्गीकरण' के लिए एक गंभीर प्रयास से शुरू हुआ, वह आगे चलकर ऐसी स्थिति तक पहुंच गया कि वस्तुओं पर बकवास और बेकार किस्म के गुणों, शक्तियों और संबंधों को आरोपित किया जाने लगा। सच पूछें तो यह प्रक्रिया इतनी आगे बढ़ गई कि मानव इतिहास की सभी (अतीत, वर्तमान और भावी) घटनाओं को इन तत्वों में निम्नतर स्तरों पर घटित घटनाओं या परिवर्तनों के प्रतिबिंब या परिणाम माना जाने लगा। तीसरी सदी ई.पू. के बाद से पूर्वानुमानों और भविष्यवाणियों के मामले में इन तत्वों को इसी कारण सहायक माना जाने लगा। इस काल का एक कन्फ्यूशियसवादी ग्रंथ *छुन छ्यू फन लु* है, जिसके लेखक दुंग चुंग-शू के बारे में हम आगे चलकर कुछ कहेंगे। उसने इस दृष्टिकोण को न सिर्फ अपने सिद्धांत में समाहित किया बल्कि खुद भी इस विचार को कुछ रहस्यमय रूप दिया और कहा कि पंचतत्वों के सहसंबंध वास्तव में 'स्वर्ग द्वारा की गई गणनाएं' हैं। समाज के हर सदस्य को तत्वों की अभिव्यक्ति और कार्यकलाप के अनुसार राजा, मंत्री, पिता, पुत्र, आदि स्थान दिए जाते हैं और इसलिए अपने लिए निर्धारित विशिष्ट भूमिका से इधर-उधर हो सकना किसी के लिए भी संभव है। पाठ में कहा गया है कि 'ये पंचतत्व पितृनिष्ठ पुत्रों और निष्ठावान मंत्रियों के कार्यकलाप से मेल खाते' हैं।

इन तत्वों के अपने-अपने गुण होते हैं। जैसे पानी का गुण गीला करना और नीचे की ओर बहना है, आग का गुण जलाना और ऊपर उठना है, काष्ठ का गुण मुड़ना और सीधा होना है, धातु का गुण रूपांतरित होना और पृथ्वी का गुण बुवाई-कटाई का आधार उपलब्ध कराना है। व्यक्तियों या उनके किसी प्रवर्ग में एक या एक से अधिक तत्वों के गुण हो सकते हैं। उदाहरण के लिए, राजा में अग्नि के गुण होते हैं और इस कारण उसे शासन करना चाहिए। या मामला इसके विपरीत भी हो सकता है कि चूंकि राजा शासन करता है, इसलिए उसमें अग्नि के गुण होते हैं। इसलिए अग्नि के आगे स्वेच्छा से समर्पण करना दूसरों का विशेषाधिकार है !

रूपाकृति, वाणी, दृष्टि, श्रवण और विचार जैसे प्रकार्य, तथा वर्षा, धूप, गर्मी; ठंढक, हवा और मौसम से अनुकूलन जैसे सूचक पंचतत्वों से घनिष्ठ रूप से संबंधित होते हैं। उनकी नियमितता-अनियमितता का परिणाम है अनुकूल या प्रतिकूल होना, विशेषकर शासक के लिए। अतः उसके लिए मौसमी वर्षा का अर्थ गंभीरता है जबकि निरंतर वर्षा का अर्थ पागलपन है। अच्छी धूप का अर्थ है नियमितता, पर निरंतर धूप का अर्थ (शासक के प्रति किसी अधीनस्थ की) गुस्ताखी है। 'प्रकृति और मनुष्य के पारस्परिक प्रभाव' के सिद्धांत का जन्म ऐसी ही मान्यताओं से हुआ। उनकी अंतःक्रियाओं की कई प्रकार की प्रयोजनवादी और यांत्रिक व्याख्याएं की गईं। जैसे, राजा के किसी गलत आचरण से स्वर्ग को क्रोध आएगा जिसके कारण असामान्य प्राकृतिक घटनाएं घटित होंगी और फिर ये घटनाएं राज्य में किसी अराजक स्थिति के रूप में उत्पन्न होकर उस राजा पर ही कहर ढाएंगी। पंचतत्वों और मनुष्य की अंतःक्रिया की यांत्रिक व्याख्या का आधार यह मान्यता थी कि ब्रह्मांड एक महान यंत्र के समान है और इसलिए इसके एक भाग में गड़बड़ी होने पर दूसरे भागों में भी गड़बड़ी पैदा होगी। इसलिए बुरा आचरण चाहे जिसका हो, वह अपने-आप प्रकृति में हलचल पैदा करेगा और असामान्य घटनाओं को जन्म देगा। पूरी बात का लुब्बेलुबाब यह है कि अच्छे और बुरे आचरण को पहले सामाजिक व्यवस्था के संदर्भ में पारिभाषित किया जाता है और फिर पंचतत्वों की अभिव्यक्ति और कार्यकलाप के द्वारा उनका सत्यापन किया जाता है। इसी कारण तीसरी सदी ई. पू. के ग्रंथ *युवेह लिंग* (मासिक आदेश) में, जिसे बाद में *ली छी* (कर्मकांड ग्रंथ) में शामिल कर लिया गया था, शासक और जनता, दोनों के लिए इस प्रकार माह-ब-माह कर्तव्य निर्धारित किए गए हैं कि 'प्रकृति की शक्तियों के साथ सद्भाव बना रहे।' उदाहरण के लिए, बहार के मौसम में शासक को युद्ध संबंधी कोई भी काम नहीं करना चाहिए और जनता को कोई भी पेड़ नहीं काटना चाहिए। किसी माह विशेष के संतुलन के किसी भी उल्लंघन से असामान्य घटनाएं घटित होंगी।

इसी तरह दिशाएं भी तत्वों के कुछ गुणों के साथ सहसंबंधित हैं। उदाहरण के लिए, दक्षिण गर्मी की और उत्तर ठंढ की दिशाएं हैं। अगर हम यह ध्यान में रखें कि चीन दुनिया के उत्तरी गोलार्द्ध में स्थित है तो यह बात बहुत अस्वाभाविक नहीं लगती। मौसम भी कंपास के चार बिंदुओं से जुड़ा हुआ है। इस प्रकार हमारे सामने ऐसे समीकरण हैं : दक्षिण = ग्रीष्म

= गर्म = शक्ति या अग्नि-तत्व; उत्तर = शिशिर = सर्द = जल; पूर्व = वसंत = विकास = काष्ठ; और पश्चिम = पतझड़ = विकास का अभाव या विकास का अंत = धातु। (पृथ्वी-तत्व का कोई निश्चित मौसम या उसकी दिशा नहीं है। यह पंचतत्वों में केंद्रीय तत्व है और कंपास में यह केंद्र में स्थित है।)

मौसमों, दिशाओं, वगैरह के साथ तत्वों के इन संबंधों के भानुमती के पिटारे में तार्किक संबंधों या गुणों के वैज्ञानिक आरोपण की तलाश करना बेकार है। इससे भी बुनियादी बात यह है कि जल, अग्नि, काष्ठ, धातु और पृथ्वी के रूप में तत्वों की इस पहचान की क्या कोई मूलभूत वैधता है। इस वस्तुयोजना में वायु के लिए कोई स्थान नहीं है। पृथ्वी को एक तत्व का दर्जा दिया गया है। फिर भी, पंचतत्वों के इस सिद्धांत का उपयोग ब्रह्मांड की संरचना की व्याख्या के लिए किया गया। मगर यह सिद्धांत विश्व की उत्पत्ति की व्याख्या के लिए अपर्याप्त पाया गया। यह काम *यिन* और *यांग* की शक्तियों से लिया गया।

अध्याय 3 में *ताओ* शब्द के अर्थों की विवेचना करते समय हमने देखा है कि गैर-ताओवादी संप्रदाय भी ब्रह्मांड की व्याख्या के लिए *ताओ* की धारणा का किस तरह व्यापक उपयोग करते हैं। *ताओ* का एक अर्थ 'भौतिक सृष्टि की प्रथम चालक शक्ति या अवैयक्तिक प्रथम कारण' भी है। तमाम वस्तुओं का जन्म उसी से हुआ है। माना जाता है कि यह *ताओ* स्वयं को दो सर्वव्यापी मूलतत्वों, अर्थात् *यिन* और *यांग* में व्यक्त करता है। इन दोनों के घात-प्रतिघात और अंतःक्रिया से ही उपरोक्त पंचतत्वों की सृष्टि होती है। जैसाकि कहा जा चुका है, ये पंचतत्व ही तरह-तरह से संयुक्त और पुनर्संयुक्त होकर सृष्टि की तमाम वस्तुओं का सृजन करते हैं। इनमें स्वर्ग और पृथ्वी भी शामिल हैं जो मुख्य रूप से क्रमशः *यांग* और *यिन* हैं। इन दो शक्तियों का द्वैत परस्पर सद्भाव पर आधारित माना जाता है और उनके मध्य कोई विरोध या प्रतिद्वंद्विता नहीं होती।

फ़ंग यू-लन के अनुसार, *यिन-यांग* संप्रदाय "जिस सीमा तक प्राकृतिक घटनाओं की व्याख्या शुद्ध रूप से प्राकृतिक शक्तियों की शब्दावली में करने का प्रयास करता है, उस सीमा तक वह वैज्ञानिक प्रवृत्ति" का सूचक है। नीधम जैसे कुछ विद्वान इससे भी आगे बढ़कर यह कहते हैं कि "आधुनिक विज्ञान में विश्व की संरचना की जो धारणा दिखती है, उसके कुछ तत्व इस संप्रदाय की परिकल्पनाओं में सामने आए थे।" दर्शन और विज्ञान के क्षेत्र में प्राचीन चीन की ठोस उपलब्धियों से विश्व को, किसी भी अन्य व्यक्ति की अपेक्षा, अधिक अच्छी तरह परिचित करानेवाले इन दो महान विद्वानों के प्रति जरा-सा भी असम्मान व्यक्त किए बिना हम यह बात कहेंगे कि *यिन-यांग* संप्रदाय की अनेक प्रस्थापनाएं इसकी तरफदारी में किए गए उत्साहपूर्ण दावों पर पानी फेर देती हैं। *यिन* और *यांग* शब्दों का दार्शनिक प्रयोग चौथी सदी ईसा-पूर्व जितना पुराना है और कभी-कभी उनको क्रमशः अंधकार और प्रकाश माना जाता है। इससे भी महत्वपूर्ण यह तथ्य है कि सृष्टि की उत्पत्ति

और संरचना की व्याख्या के लिए प्राचीन चीन में दो विचारप्रणालियां स्वतंत्र रूप से विकसित हुईं। एक प्रणाली *यिन* और *यांग* की धारणाओं पर आधारित थी तो दूसरी वह है जो *परिवर्तन ग्रंथ* के *परिशिष्टों* में व्यक्त हुई है। आगे चलकर 110 ई.पू. में ये दोनों प्रणालियां आपस में गड्डमड्ड हो गईं। जब स्सु-मा दन ने अपने *ऐतिहासिक अभिलेख* का संपादन किया तो इन दोनों को एक ही संप्रदाय (अर्थात् *यिन-यांग* संप्रदाय) माना गया। इस संप्रदाय के सिद्धांत काफी हद तक यथार्थ के भौतिक और सामाजिक जगत-द्वय की बहुमुखी घटनाओं की व्याख्या के लिए किए गए ऐसे प्रयास हैं जो कभी तो बहुत कमजोर और कभी उलझन-भरे नजर आते हैं। ग्रैनेट ने एक बार यह संकेत किया था कि *यिन-यांग* सिद्धांत का संबंध ''आरंभिक चीनी समाज में लिंगभेद की सामाजिक अभिव्यक्तियों से है, जैसी अभिव्यक्तियां उन मौसमी त्यौहारों में होती हैं जब युवावृंद अपने-अपने साथी का चयन करते हैं और प्रकृति में विद्यमान शाश्वत और गहन द्वैत्व को प्रतीक रूप में व्यक्त करनेवाली रस्मी कतारों में नृत्य करते हैं।'' इस समझ को अंशतः अनुमोदित करनेवाले नीधम ने चेतावनी दी है कि *दिन-यांग* की परिकल्पनाओं, पंचतत्वों के सिद्धांतों, उनके प्रतीकात्मक सहसंबंधों, संख्या-रहस्य, आदि को भोंडे अंधविश्वास या 'मात्र एक प्रकार की आदिम विचारधारा' कहकर रद्द नहीं किया जाना चाहिए। उन्होंने इन परिकल्पनाओं की बेहतर और समुचित समझ के लिए अनेक दृष्टिकोण भी सुझाए हैं।

इस बात के विस्तार में जाना प्रस्तुत लेखक की क्षमता से बाहर है। मगर इस संप्रदाय के कुछ सिद्धांतों की संक्षिप्त रूपरेखा सामने रखने का प्रयास हम अवश्य करेंगे। यह पहले ही कहा जा चुका है कि *यांग* और *यिन* को क्रमशः प्रकाश और अंधकार की शक्ति भी कहा गया है। इनको धूप और छांव की शक्तियां भी कहा गया है। उनको एक ओर पुरुषत्व, सक्रियता, ऊष्मा, चमक, शुष्कता, कठोरता, आदि तथा दूसरी ओर स्त्रीत्व, निष्क्रियता, ठंढक, अंधेरा, आर्द्रता, नम्रता, आदि का प्रतिनिधित्व करनेवाले ब्रह्मांडीय तत्व या शक्तियां भी कहा गया है। उनको पुरुष और स्त्री शक्ति बतलाने का एक भोंडा ढंग भी प्रचलित रहा है। पर उनको ऐसे प्रथम तत्व बतलाना अधिक सटीक होगा जिनकी अंतःक्रिया से सृष्टि की उत्पत्ति हुई है। इस सिद्धांत की एक पेचीदा व्याख्या *परिवर्तन ग्रंथ* में की गई है जिसमें दिमाग चकरानेवाले वक्तव्यों, टेढ़े वर्गीकरणों और वक्तव्यों, संख्याओं, आदि को असाधारण अर्थ देने के नमूने थोक के भाव पाए जाते हैं। उदाहरण के लिए, इस ग्रंथ में आठ त्रिभुज और चौंसठ षड्भुज तथा साथ में तीन और छः विभाजित तथा तीन और छः अविभाजित रेखाओं के जोड़तोड़ दिए गए हैं जिनमें विभाजित रेखाएं *यिन* तत्वों की और अविभाजित रेखाएं *यांग* तत्वों की सूचक हैं। भविष्यवाणी के लिए इनका साधन रूप में प्रयोग किया गया। यहां *यिन-यांग* तत्वों के साथ संख्याओं को भी सृष्टि के रहस्यों की कुंजी माना गया है। इनमें *यांग* की संख्याएं हमेशा विषम और *यिन* की संख्याएं हमेशा सम होती हैं। स्वर्ग और पृथ्वी *(यांग* और *यिन)* की संख्याओं का जोड़ 55 आता है, और 1 से 10 तक की संख्याओं

का जोड़ भी यही है। सृष्टि के सारे विकास और रहस्य इन्हीं संख्याओं के कारण माने जाते हैं। स्वर्ग और पृथ्वी क्रमशः *यांग* और *यिन* के भौतिक स्वरूप हैं जबकि तीन अविभाजित समानांतर रेखाओंवाला *च्येन* और तीन विभाजित समानांतर रेखाओंवाला *खुन* उनके प्रतीकात्मक स्वरूप हैं। *यांग* और *यिन* ऐसी शक्तियां नहीं हैं जिन पर मानवीय गुणों का आरोपण किया गया हो बल्कि अवैयक्तिक प्राकृतिक शक्तियां हैं जो सृष्टि में सभी वस्तुओं के सृजन की प्रक्रियाओं का क्रमशः आरंभ और अंत करती हैं। ब्रह्मांड के स्तर पर *यिन* और *यांग* के संयोग तथा सद्भावपूर्ण अंतःक्रिया के सादृश्य से, राज्य के और फिर मानवकाया के स्तर पर भी ऐसी ही प्रक्रियाओं की परिकल्पना की गई है। चाहे मानवकाया हो, राज्य हो या ब्रह्मांड हो, विभिन्न कायाएं मिलकर एक बृहत्तर काया का निर्माण करती हैं। इसकी स्वाभाविक निष्पत्ति यह है कि प्रत्येक काया को दूसरों से सहयोग करना चाहिए ताकि बृहत्तर सामूहिक काया संतुलित ढंग से काम कर सके। जैसाकि कॉर्नफोर्थ का कथन है, ब्रह्मांड, मानवसमाज और मानवकाया के तीन स्तरों में विद्यमान यह गहरा सादृश्य ब्रह्मांडीय तथा नैतिक व्यवस्थाओं की एकता के बारे में एक दृढ़ विश्वास की उपज है। जैसाकि उन्होंने बड़े सटीक शब्दों में कहा है, "नैतिक व्यवस्था का यह आदर्शीकरण आदिम कबायली समूहवाद के आंतरिक संबंधों का बाह्य प्रकृति पर आरोपण है जिससे मानवसमाज को निरंतरतापूर्ण माना गया है।"

प्रस्तुत विवेचना को समाप्त करने से पहले *परिवर्तन ग्रंथ* के बारे में भी हम दो शब्द कहना चाहेंगे। इसके लिए नीधम के मत का सारांश प्रस्तुत करने से बेहतर कोई रास्ता नहीं है। उनका कहना है कि पचंतत्वों और *यिन-यांग* शक्तियों के सिद्धांत चीनी सभ्यता में वैज्ञानिक विचारों के विकास में बाधक नहीं, सहायक रहे हैं। परन्तु "*परिवर्तन ग्रंथ*, जो मूल रूप में संभवतः किसानों द्वारा निकाले जानेवाले फालों के पाठों का संग्रह रहा होगा, एक ऐसी विस्तृत प्रतीकप्रणाली के रूप में सामने आया जो बेमिसाल थी। विश्वास किया जाता था कि ये प्रतीक किसी न किसी रूप में प्रकृति की सभी प्रक्रियाओं को प्रतिबिंबित करते हैं। उसके बाद तो उन्होंने एक भ्रामक गूढ़ता से युक्त बेहद अमूर्त संकेत-प्रणाली का रूप ले लिया।" आइटल का विचार है कि इसमें दिए गए चित्र, अर्थात् त्रिभुज और षड्भुज "धार्मिक अर्थों में, मात्र अमूर्त आकार हैं जो प्रकृति में वास्तव में देखी जानेवाली बातों की जगह एक आदर्श प्रक्रिया को प्रस्थापित करते हैं। वे ऐसे सूत्र हैं जिनमें बहुमुखी परिघटनाओं को उनकी विविधता से वंचित करके उन पर एकता और सामंजस्य आरोपित कर दिए गए हैं।" यह महिमागान वास्तव में यहां वांछित नहीं है क्योंकि, जैसाकि नीधम ने कहा है, वह 'आदर्श प्रक्रिया' जो 'प्रकृति में वास्तव में देखी जानेवाली बातों की जगह प्रस्थापित' हुई है, मात्र 'प्रतीकवाद है न कि गणितीय परकल्पनाओं की कोई शृंखला'। *यिन-यांग* शक्तियों के बारे में हास्यास्पद उपदेश और षड्भुजों पर आरोपित लक्षणार्थ जनता के लिए निश्चित रूप से भयोत्पादक रहे होंगे, मगर वास्तव में 'यह मात्र खयाली नवीनता पैदा करने और फिर हाथ पर हाथ

धरे बैठे रहने की प्रणाली' थी। नीधम के इस निष्कर्ष को झुठलाया नहीं जा सकता कि *"परिवर्तन ग्रंथ* में व्यक्त प्रणाली को एक अर्थ में पार्थिव नौकरशाही का स्वर्गिक समकक्ष, तथा मानव सभ्यता की जिस विशेष समाजव्यवस्था ने उसे जन्म दिया है उसका प्रकृति-जगत में प्रतिबिंबन माना जा सकता है।" यह प्रणाली 'चीन के नौकरशाही पर आधारित समाज की प्रतिच्छाया' थी।

आगे बढ़ने से पहले इतिहास की कुछेक घटनाओं को दोबारा याद कर लेना जरूरी है। यह 207 ई. पू. की बात है जब अल्पायु छिन राजवंश का खात्मा हुआ। मगर कठोर 'विधिवादी तकनीकों' के चलते, अपनी समाप्ति से पहले 213 ई. पू. में उसने 'किताबों की होली' जलाने का बदनाम कारनामा भी अंजाम दिया था। इन शासकों ने केवल किताबें जलाकर ही इसलिए संतोष कर लिया कि इन किताबों के लेखकों अर्थात् 'विचारों के प्रसार द्वारा शैतानी कारनामों के जिम्मेदार लोगों' को साथ में नहीं जलाया जा सकता था! और च्वांग-जू जैसों की कृतियों का क्या किया जाए जिनके विचार सामंती व्यवस्था की दृष्टि में बेहद खतरनाक थे! छिन का प्रधानमंत्री, ली स्सु औषधि और चिकित्सा, भविष्योक्ति, कृषि और वृक्षविज्ञान के ग्रंथों के बाद केवल उन्हीं ग्रंथों को बचाए रखना चाहता था जो 'आधिकारिक विद्वानों' को स्वीकार्य हों। इसलिए छिन राजवंश के बाद स्थापित हान राजवंश को एक नई सामाजिक-राजनीतिक व्यवस्था के निर्माण का भार उठाना पड़ा। इस प्रयास की प्रक्रिया में दर्शनशास्त्र विख्यात दर्शनशास्त्री दुंग चुंग-शू (179-104 ई. पू.) के हाथों एक घालमेल के रूप में दोबारा उभरकर सामने आया। आरंभिक कन्फ्यूशियसवाद और *यिन-यांग* संप्रदाय के रहस्यवाद को मिलाकर कन्फ्यूशियसवाद को एक नया रूप दिया गया जो अन्य संप्रदायों की कीमत पर हान राजवंश का आधिकारिक धर्म बन गया। फिर तो यही समन्वित सिद्धांत कन्फ्यूशियसवाद के नाम पर चलने लगा। अफसरशाही में प्रवेश के लिए आयोजित होनेवाली देशव्यापी परीक्षाओं के लिए कन्फ्यूशियसवादी प्रतिष्ठान के ग्रंथों को पाठ्यसामग्री बनाकर उसे एक संस्थागत आधार प्रदान किया गया। इसे राजा वू-दी (140-87 ई. पू.) ने लागू किया।

*यिन-यांग* संप्रदाय ने मनुष्य और स्वर्ग के बीच एक घनिष्ठ अंतःसंबंध की परिकल्पना की थी। दुंग चुंग-शू ने मनुष्य को स्वर्ग का अंश बतलाकर इस पर जोर दिया कि उसका आचरण स्वर्ग के व्यवहार के अनुरूप होना चाहिए। *यिन-यांग* संप्रदाय की तत्वमीमांसा और कन्फ्यूशियसवाद के सामाजिक-राजनीतिक दर्शनशास्त्र को एक में मिलाकर इस नए सिद्धांतकार ने *थ्येन* की धारणा में स्वर्ग और प्रकृति दोनों को शामिल कर लिया। वह नवीन पाठ संप्रदाय *(चिन वेन च्या)* का प्रमुख बन बैठा जबकि प्राचीन पाठ संप्रदाय *(कू वेन च्या)* का नेतृत्व यांग श्युंग ने किया।

नवीन पाठ संप्रदाय की ब्रह्मांड-मीमांसा पूरी *यिन-यांग* संप्रदाय से ली गई है और यहां-वहां मामूली फेरबदल ही इसमें किए गए हैं। उदाहरण के लिए, इसमें मनुष्य की

तरह स्वर्ग भी प्रसन्नता और क्रोध की अनुभूतियों से युक्त है और उसमें सुखदुख का अनुभव करनेवाला एक मन भी है। इस तरह मनुष्य अपने शारीरिक और मानसिक पहलुओं में स्वर्ग का ही एक प्रतिरूप है। इसमें नया सूत्र यह है कि स्वर्ग स्रष्टा है, पृथ्वी धारक है और मनुष्य *(ली* और *यूवेह* कर्मकांड और संगीत, सभ्यता और संस्कृति के द्वारा) पूर्णत्व का कारक है। विस्तार में गए बिना यहां यह बात कही जानी चाहिए कि तत्वों और उनके संबंधों का रहस्यीकरण, षड्भुजों और उनके तथाकथित संदेशों की भारीभरकम प्रणाली तथा *यिन-यांग* संप्रदाय की ऐसी ही अन्य बातों को यहां और भी अवलंब मिला है; इतना कि जनता को आतंकित करने की उसकी क्षमता शायद दोगुनी हो गई है। यहां व्यक्ति *(छंग)* के सद्गुण भी पंचतत्वों से और अधिकारीगण के पदक्रम भी चार मौसमों से जुड़ गए हैं। जिस तरह एक मौसम के तीन महीने होते हैं, उसी तरह उच्चस्थ अधिकारी के भी तीन सहायक होते हैं! ऐसे अर्थहीन समीकरण यह स्पष्ट संकेत देते हैं कि अधिकारियों का उल्लंघन नहीं किया जा सकता और यह कि व्यक्ति के सद्गुण स्वाभाविक आज्ञापालन पर आधारित होते हैं। राजत्व के लिए स्वर्ग के आदेश और राजवंशों का आनाजाना ऐसी नई बातें हैं जिन पर जोर दिया गया है। मूल सिद्धांत *(ताओ)* तो अपरिवर्तित रहते हैं मगर स्वर्ग के आदेश के पालन के लिए स्वर्ग से अनुमोदन प्राप्त करके शासक कुछ बाह्य परिवर्तन करते रहते हैं।

*यिन-यांग* संप्रदाय के संदर्भ में आखिरी महत्वपूर्ण बात यह है कि कन्फ्यूशियसवाद के साथ उसके समन्वय से पहली सदी ई. पू. के अंतिम भाग में *वेइ शू* नाम का एक नए तरह का साहित्य उत्पन्न हुआ जो एक तरह का क्षेपक था। यह कहा गया था कि आचार्य कन्फ्यूशियस कुछ बातें अनकही छोड़ गए थे और उन्हें पूरा किया जाना चाहिए। हान वंश के काल में कुछेक नई कृतियां रची गईं और उन्हें कन्फ्यूशियस की पूरक कृतियां बताकर खपाया गया। उन्हें एक देवता का पुत्र बतलाकर उनका दैवीकरण किया गया और अनेक चमत्कार उनसे मंसूब किए गए। कहा गया कि वे भविष्यवाणी भी कर सकते थे और इसमें हान वंश का आगमन भी शामिल था। इस महिमागान का नेता नवीन पाठ संप्रदाय का प्रमुख दुंग चुंग-शू था। मगर पारंपरिक कन्फ्यूशियसवादी अपने गुरु को देवता, राजा, चमत्कारों का रचयिता, भविष्यवक्ता और हान वंश के कानूनों का निर्माता जैसे नए रूपों में नहीं देखना चाहते थे। वे महागुरु की संतवाली एक अधिक आदरणीय भूमिका से ही संतुष्ट थे। *यिन-यांग* संप्रदाय परम्परागत कन्फ्यूशियसवाद में जो घातक घुसपैठ कर रहा था उन्होंने उसका विरोध किया। पर इसमें उन्हें सफलता नहीं मिली और यांग श्युंग (53 ई. पू. से 18 ईसवी) के नेतृत्ववाला प्राचीन पाठ संप्रदाय इस चुनौती की बराबरी कर सकनेवाला साबित न हुआ। परंपरागत कन्फ्यूशियसवाद की बात तो जाने दें, ताओवादी संप्रदाय तक भी जल्द ही *यिन-यांग* संप्रदाय के सिद्धांतों से इस कदर सराबोर हो गया कि ईसा की पहली सदी के अंत तक आते-आते उसकी पहलेवाली शक्ल ही पहचान के

काबिल न रही । और यह सब हुआ प्राचीन पाठ संप्रदाय के श्रेष्ठतम विचारक, वांग छुंग के होते हुए, जिसके बारे में हम आगे अध्याय 10 में कुछ कहेंगे । वह स्वर्ग और मनुष्य की प्रयोजनवादी और यांत्रिक अंतःक्रियाओं का घोर आलोचक था, जबकि *यिन-यांग* संप्रदाय पूरे जोर-शोर से इन्हीं का प्रचार करता था ।

अध्याय 8

# बौद्ध मतावलंबी

बौद्ध मत एक ऐसा चिंतन संप्रदाय है जो चीन में बाहर से आकर स्थापित हुआ मगर चीनी दर्शन के इतिहास में जिसकी कोई मामूली भूमिका नहीं रही। बौद्ध मत के सिद्धांतों का यहां विस्तार से परिचय देने की आवश्यकता नहीं है क्योंकि प्रस्तुत शृंखला के भारतीय दर्शनशास्त्रवाले ग्रंथ (सं. 3) में उनकी विस्तृत विवेचना की गई है। यहां केवल चीनी संदर्भ में इसके विचार-प्रवाह का मोटे तौर पर परिचय देने का प्रयास किया जाएगा।

बौद्ध मत के *हीनयान* और *महायान* संप्रदायों के बीच अन्य भेदों को छोड़ दें तो एक प्रमुख भेद यह है कि *हीनयान* मुक्ति को एक निजी मामला मानता है और उसकी दृष्टि में हर व्यक्ति को अपनी मुक्ति के उपाय स्वयं करने होते हैं। दूसरों को मुक्ति की प्राप्ति के लिए सहायता देने का कोई अर्थ नहीं है। मगर *महायान* बोधिसत्व की धारणा में विश्वास करता है जिसके अनुसार बुद्धत्व परोपकारी विचार है। इस प्रकार बुद्ध निर्वाण के बाद भी दूसरों की सहायता के लिए बार-बार संसार में पदार्पण करते हैं। इस तरह *महायान* के अनुसार निर्वाण का अर्थ बोधि के बाद मृत्यु नहीं, बल्कि बुद्धत्व है। यही वह संप्रदाय है जिसका चीन के दार्शनिक जीवन पर व्यापक प्रभाव पड़ा।

चीन में बौद्ध मत का प्रसार वास्तव में 67 ईसवी में आरंभ हुआ जब भारत में हान वंश के दूत के निमंत्रण पर भारतीय बौद्ध भिक्षु कश्यप मातंग और धर्मारण्य लुओयंग पहुंचे। तत्कालीन सम्राट ने इन भिक्षुओं के सम्मान में श्वेताश्व मठ का निर्माण कराया और कुछ बौद्ध ग्रंथों के अनुवाद का काम प्रारंभ हुआ। चीनी स्रोतों के अनुसार आरंभिक काल में अर्थात् ईसा की पहली और दूसरी सदियों में बौद्ध मत को भी गुह्य कलाओं का धर्म माना जाता था, गोया वह *यिन-यांग* संप्रदाय के या परवर्ती ताओवादी धर्म के गुह्यविद्यावाद से कुछ भिन्न न हो। पर इसके बहुत पहले, दूसरी सदी ई. पू. के आसपास यह अजीबोगरीब सिद्धांत विकसित हो चुका था कि अपने जीवन के अंतिम दिनों में अलक्षित होने के बाद लाओ-जू ने पश्चिम की ओर प्रयाण किया था और अंततः भारत पहुंचे थे, जहां उन्होंने बुद्ध और 28 अन्य शिष्यों को शिक्षा दी थी। इससे

अभिप्राय संभवतः यह था कि बौद्ध मत ताओवाद की एक शाखा मात्र था। जिस तरह ताओवादी चिंतनपरंपरा में ताओवादी धर्म और ताओवादी दर्शनशास्त्र, दो अलग-अलग धाराएं हैं उसी तरह बौद्ध मत में भी बौद्ध धर्म *(फ़ो च्याओ)* और बौद्ध दर्शनशास्त्र *(फ़ो श्वेह)* को एक-दूसरे से कुछ-कुछ स्वतंत्र माना गया। ताओवादी धर्म को कुछ क्षेत्रों में समर्थन मिला तो मुख्यतः इसलिए कि इसे 'बर्बर जातियों के विदेशी धर्म' के मुकाबले का माना गया। मगर दर्शनशास्त्र के क्षेत्र में ताओवादियों और बौद्धों ने अपने रहस्यवादों में निहित समानता के कारण एक-दूसरे से सहयोग किया। बौद्ध मत का परवर्ती छन संप्रदाय वास्तव में ताओवादी और बौद्ध दर्शनशास्त्रों के कुछ सूक्ष्म तत्वों का सम्मिश्रण था। इन दोनों का यह घनिष्ठ संबंध कुछ चीनी दर्शनशास्त्रियों को बहुत रास नहीं आया। बारहवीं सदी के एक नव-कन्फ्यूशियसवादी दर्शनशास्त्री ने (जिसके बारे में हम अगले अध्याय में विचार करेंगे) इसका इस तरह मखौल उड़ाया है : "बौद्ध मत ने ताओवाद की बेहतरीन बातें चुराईं और ताओवाद ने बौद्ध मत की बुरी से बुरी बातें चुराईं। यह गोया ऐसे है कि किसी ने किसी का हीरा चुरा लिया हो और उसका नुकसान उठानेवाले ने एक पत्थर लेकर समझा हो कि उसका नुकसान पूरा हो गया है।" ध्यान रहे कि ये ऐसे व्यक्ति के शब्द हैं जो न तो बौद्ध मत से हमदर्दी रखता था और न ही ताओवाद से। फिर भी वह ताओवाद को एक 'हीरा' कहने को तैयार है, शायद इस कारण से कि वह बौद्ध मत के मुकाबले चीनी उद्गम है।

बौद्ध मत के प्रति यह खालिस 'राष्ट्रवादी' प्रतिक्रिया 'बाहर' से आई चिंतनपरंपरा के प्रति एक चिढ़ से भरपूर है। यह प्रतिक्रिया मानव-इतिहास में न तो पहली थी और न ही अंतिम। पांचवीं सदी के दर्शनशास्त्री चू शी के बहुत पहले, कु ह्वान (430-493) ने अपने ग्रंथ *इ श्या लुन* (बर्बर और चीनी जातियों के बारे में एक वार्ता) में बौद्ध मत और ताओवाद में घनिष्ठ समानता पाई थी। उसका दृढ़ मत था कि बौद्ध मत भारतीयों के लिए तो उपयुक्त है पर चीनियों के लिए नहीं, और इस कारण ताओवाद का समर्थन किया जाना चाहिए। यह आज बहुत घिसापिटा तर्क लगता है क्योंकि दुनिया के लगभग सभी भागों में, सैकड़ों संदर्भों में और इससे भी निंदनीय ढंग से हम ऐसी ही भावनाएं व्यक्त होते देख चुके हैं। मगर कु ह्वान के समकालीन बौद्ध ऐसे विचारों की अनदेखी नहीं कर सकते थे। इनके अनेक प्रत्युत्तर दिए गए जिनमें श्याओ जू-श्येन का प्रत्युत्तर उल्लेखनीय है। उसने कहा कि किसी भी संजीदा दर्शनशास्त्री के सामने बौद्ध मत वैकल्पिक परिप्रेक्ष्य रखता है और इसलिए उसे सहज ही खारिज नहीं किया जा सकता। उसने कहा : "कन्फ्यूशियस और लाओ-जू का मुख्य ध्येय इसी विश्व में घटनाओं का नियमन करना है, मगर बौद्धों का ध्येय इस विश्व से ही मुक्ति पाना है।"

बौद्ध मत कन्फ्यूशियसवादियों के अपने दर्शनशास्त्र के लिए एकदम असंगत था और इस कारण उसके प्रति उनकी दुश्मनी अधिक तीखी थी। इस श्रेणी की, उदाहरण के लिए,

एक प्रतिक्रिया हू यिन (1093-1151) की थी। उसका विचार है कि सूरज, चांद, नदियों, पहाड़ों, मनुष्यों और जानवरों जैसी अत्यंत स्पर्शीय वस्तुओं के होते हुए रिक्तता और भ्रम की बातें करना बेवकूफी की इंतहा थी। उसके उद्‌गार बहुत भावनामय थे : "अगर दस हजार बुद्ध भी एक साथ जन्म लें तो भी वे विश्व को नष्ट नहीं कर सकेंगे, उसकी गति को नहीं रोक सकेंगे, या उसे शून्य नहीं बना सकेंगे। किसी एक वस्तु का क्षय होता है तो दूसरी जन्म लेती है। मेरा शरीर मर जाएगा, पर मानवता चलती रहेगी। इसलिए सभी कुछ शून्य नहीं है।"

ऐसी बाधाओं के बावजूद बौद्ध मत चीन में सदियों तक फलाफूला और चीनी चिंतन पर उसका गहरा असर पड़ा। इसके लिए दरबारी संरक्षण में भी कमी नहीं रही। जैसाकि हम देख चुके हैं, एक वैयक्तिक ईश्वर का और मनोगत भाववाद का अभाव आरंभिक चीनी दर्शन की दो मुख्य विशेषताएं रही हैं। हम यह भी देख चुके हैं कि बाद के अति-कन्फ्यूशियसवादियों ने किस तरह कन्फ्यूशियस को ही देवता बनाकर पहली विशेषता को नष्ट कर दिया था। बौद्ध मत के आगमन के बाद दूसरी विशेषता भी जाती रही। इसके अलावा, आत्मा की अनश्वरता का प्रश्न पहले चीनी दर्शनशास्त्र के लिए अनजाना था मगर बौद्ध मत के आगमन के बाद उसकी भी व्यापक विवेचना होने लगी। फिर भी बौद्ध दृष्टिकोण की सत्यता के प्रति शंकाएं बनी रहीं। उदाहरण के लिए, ग्यारहवीं सदी में चेंग मिंग-ताओ ने कहा था : "वे (अर्थात् बौद्ध) 'निम्न का अध्ययन' किए बिना केवल 'उच्च की समझ' के लिए प्रयास करते हैं। तो फिर उनकी उच्च की समझ भला किस प्रकार सही हो सकती है ?"

हालांकि चीनी भाषा में बौद्ध ग्रंथों के आरंभिक अनुवाद पहली सदी ईसवी में ही हो चुके थे मगर इस दिशा में पहला बड़ा मार्का तीसरी और चौथी सदियों में ही सर किया गया। *ऐन ऑउटलाइन हिस्ट्री ऑव चाइना* में बइ शाओयी ने कहा है कि "पश्चिमी चीन से सोलह राज्यों तक के उथल-पुथल भरे वर्षों (अर्थात् तीसरी-चौथी सदियों) के दौरान शासक वर्गों को किसी ऐसी वस्तु की आवश्यकता थी जो उनके मन से कड़वी वास्तविकताओं का बोझ उतार सके और जनता की इच्छा को शमित कर सके। पुनर्जन्म और पुनरागमन के सिद्धांतों से युक्त बौद्ध मत ने लोगों को इस काबिल बनाया कि वे अगले जीवन में सुख की आशा लगाकर अपनी चिंताओं से पलायन कर सकें।" इस तर्क की वैधता चाहे जो हो, यह एक तथ्य है कि च्यू मो लुओ शी (कुमारजीव), ह्वी युआन, और दूसरे बौद्ध भिक्षु इस काल में अनेक अनुवाद प्रस्तुत करने में लगे रहे। तब तक आम प्रवृत्ति यह थी कि बौद्ध मत को च्वांग-जू के ताओवाद से मिलता-जुलता माना जाता था। बौद्ध ग्रंथों की व्याख्या की विधि यह थी कि दर्शनशास्त्री ताओवाद से कुछ विचार लेकर दोनों की समानताएं सामने लाई जाती थीं। इस विधि को *को यी* (सादृश्य के द्वारा व्याख्या) कहा जाता था। मगर बौद्ध ग्रंथों के व्यापक अनुवाद ने इस विधि को बेकार बना दिया। अनुवादों में

*यू* (सत्), *वू* (असत्), *यू-वेइ* (क्रिया), और *वू-वेइ* (अक्रिया) जैसे कुछ शब्दों का प्रयोग जारी तो रहा मगर उनके विशिष्ट ताओवादी अर्थ अब उनसे जुड़े नहीं रहे। तो भी भारतीय बौद्ध मत और चीनी ताओवाद के समन्वय से बौद्ध मत का एक विशिष्ट चीनी रूप, अर्थात् चीनी बौद्ध मत जरूर धीरे-धीरे उभर रहा था। मगर मनोगत भाववादी संप्रदाय (श्यांग त्सुंग या वेइ-शिह त्सुंग) के अनेक दर्शनशास्त्रियों के लिए अभ्रष्ट बौद्ध मत फिर भी आकर्षण की वस्तु बना रहा। इस संप्रदाय का पूर्वज श्वन-त्सांग (ह्वेन-सांग, 594-664) था जो भारत भ्रमण करनेवाला सुपरिचित यात्री है। कहते हैं कि उसने 75 से अधिक बौद्ध ग्रंथों का चीनी भाषा में अनुवाद किया था। श्वन-त्सांग ने चीन में जिस बौद्ध संप्रदाय का समावेश किया, वह सुबंधु और धर्मपाल का विकसित किया हुआ था। भावना की दृष्टि से श्वन-त्सांग की रचनाओं को चीनी कम और भारतीय अधिक माना जाता था। नतीजा यह हुआ कि श्वन-त्सांग संप्रदाय चीनी दर्शन पर कोई खास प्रभाव नहीं छोड़ सका। यह केवल पंडिताऊ रुझानवालों को आकर्षित कर सका। जैसाकि फ़ंग यू-जन ने कहा है : ''जिस बौद्ध परंपरा का कुछ प्रभाव पड़ा वह काफी कुछ चीनी दर्शनशास्त्र की परंपरा के सान्निध्य में, चीनी दर्शनशास्त्र के विभिन्न संप्रदायों को प्रभावित करते और उनसे प्रभावित होते हुए विकसित हुआ था।''

बौद्ध मत के सामान्य तत्वों में कर्म *(येह)* का सिद्धांत भी शामिल है जिसका अर्थ चेतन व्यक्ति का कार्य ही नहीं बल्कि वचन और चिंतन भी है। सभी परिघटनाओं को चेतन सत्ता के मन की अभिव्यक्तियों के रूप में देखा जाता है। जीवन और मृत्यु का जो चक्र सारे दुखों का कारण है, उसका कारण वस्तुओं के स्वरूप का अज्ञान है। मन की सृष्टियों के रूप में वस्तुएं भ्रामक और निःस्थायी होती हैं मगर फिर भी अविद्या *(वू-मिंग)* या अबोध के कारण व्यक्ति उनकी कामना करता और उनके लिए छटपटाता है। अगर अज्ञान की जगह बोध को स्थापित किया जा सके और बौद्ध मत की सारी शिक्षाओं और उसके सभी आचारों का उद्देश्य यदि व्यक्ति को इसी दिशा में ले जाना है तो एक अन्य प्रकार के कर्म का संचय होता है जहां सारी तृष्णा और सारे बंधनों का नाश हो जाता है। जिस अवस्था में व्यक्ति सार्वभौम मन से एकाकार हो जाता है, उसको निर्वाण कहते हैं। इसी को बुद्ध समान प्रकृति कहते हैं। चीनी दर्शनशास्त्र में सार्वभौम मन की धारणा इसी संप्रदाय की देन है। यही वजह है कि इसका नाम 'सार्वभौम मन का संप्रदाय' *(शिंग त्सुंग)* पड़ा। मगर एक और संप्रदाय इस संप्रदाय की अपेक्षा ताओवाद के दर्शनशास्त्र के कुछ ज्यादा करीब है और वह 'शून्य संप्रदाय' *(खुंग त्सुंग)* है। इस संप्रदाय के दृष्टिकोण को फ़ंग यू-लन ने नकारात्मक दृष्टिकोण कहा है।

इस संप्रदाय के अनुसार सत्य के अनेक स्तर होते हैं। 'द्विक् सत्य सिद्धांत' कहे जानेवाले इस सिद्धांत के ची-त्सांग (549-623) ने तीन स्तर बतलाए हैं। पहला सामान्य

बुद्धि का स्तर है जब लोग सभी वस्तुओं को सत् *(यू)* मानते हैं न कि असत् *(वू)*। पर सारे बुद्ध उनसे यह कहते हैं कि सभी वस्तुएं *वू* और रिक्त हैं। इसलिए इस स्तर पर यह कहना कि सभी वस्तुएं *यू* हैं, सामान्य बुद्धि का सत्य है, मगर यह कहना कि सभी वस्तुएं *वू* हैं, उच्चतर बुद्धि का सत्य है। दूसरे, सभी वस्तुएं या तो *यू* हैं या *वू* हैं, ऐसा कहना एकतरफा वक्तव्य देना है क्योंकि जो *यू* है वह साथ-ही-साथ *वू* भी है। इसका कारण यह है कि वस्तुएं निरंतर परिवर्तनशील हैं। इसलिए सामान्य बुद्धि का सत्य यह है कि वस्तुएं *यू* और *वू* दोनों हैं। मगर इस स्तर पर उच्चतर बुद्धि का सत्य यह है कि वस्तुएं न तो *यू* हैं और न ही *वू* हैं। तीसरे, दूसरे स्तर पर उच्चतर बुद्धि के सत्य के रूप में जो वक्तव्य दिया गया है (कि वस्तुएं न तो *यू* हैं और न ही *वू* हैं), वह वक्तव्य खुद भी कुछ भेद स्थापित करता है और इसलिए उसे भी एकतरफा माना जाना चाहिए। इसलिए यह वक्तव्य तीसरे स्तर पर सामान्य बुद्धि का सत्य बन जाता है। तो फिर उच्चतर बुद्धि का सत्य यह होगा कि वस्तुएं न तो *यू* हैं और न *वू* हैं, वे न तो *यू-नहीं* हैं और न ही *वू-नहीं* हैं। यह वह स्तर है जहां कोई भी वक्तव्य संभव नहीं है क्योंकि यहां 'सब कुछ का निषेध' के निषेध समेत हर वस्तु का निषेध होता है।

ऊपर कुमारजीव का उल्लेख किया जा चुका है। उनका जन्म आज के चीनी तुर्किस्तान में हुआ था। वे 401 ईसवी में छंग-अन (शेंसी प्रांत में स्यन) चले गए और वहीं 413 ई. में उनकी मृत्यु हुई। विद्या के इस केंद्र में उनके शिष्यों में सेंग-चओ (384-414) और ताओ-शेंग जैसे विद्वान शामिल थे। ये दोनों ही बौद्ध विद्वानों और दर्शनशास्त्रियों के रूप में विख्यात हुए। सेंग-चओ के एक लेख का शीर्षक है : 'वास्तविक अवास्तविकता नाम की कोई वस्तु नहीं होती'। उनका सिद्धांत यह है कि सत् *(यू)* की सत्ता अगर कारणत्व की उपज है तो वह सत् नहीं हो सकता और इसके विपरीत अगर सभी वस्तुएं असत् *(वू)* हों तो उनसे कुछ भी उत्पन्न नहीं हो सकता। "अगर उससे कोई वस्तु उत्पन्न होती है तो वह एक सिरे से नास्ति नहीं हो सकता।" उनके एक और लेख का शीर्षक है, 'वस्तुओं की अपरिवर्तनीयता के बारे में'। इसमें उन्होंने यह विचार व्यक्त किया है कि "अतीत की वस्तुएं वर्तमान तक नहीं पहुंचतीं।" मगर वे अतीत के साथ नष्ट भी नहीं होतीं। इसलिए अतीत की वस्तुएं अतीत में असत् *(वू)* नहीं थीं और वे वर्तमान में सत् *(यू)* भी नहीं हैं। "कार्य कारण नहीं होता, मगर कारण से ही कार्य होता है। कार्य कारण नहीं है, इससे ज्ञात होता है कि कारण वर्तमान तक नहीं पहुंचता। और चूंकि कारण के होने पर कार्य होता है इसलिए यह ज्ञात हुआ कि कारण अतीत के साथ समाप्त नहीं हो जाते। अर्थात् कारण न तो वर्तमान तक पहुंचा और न ही अतीत के साथ नष्ट हुआ। इस प्रकार अपरिवर्तनीयता का सिद्धांत स्पष्ट सिद्ध होता है।" उसका एक और भी लेख है : 'प्रज्ञा (बुद्ध की बुद्धिमत्ता) के ज्ञान न होने के बारे में'। ज्ञान के विधेय के रूप में किसी वस्तु के गुण का चयन करके ही उस वस्तु का ज्ञान प्राप्त होता है। पर *वू* तमाम आकृतियों और विशेषताओं से परे

है और उसका कोई गुण नहीं होता इसलिए '*वू* के बारे में संतों का ज्ञान' कभी ज्ञान का विधेय नहीं हो सकता। *वू* को जानना उससे एकाकार होना है और यही निर्वाण है। यह और प्रज्ञा एक ही स्थिति के दो पहलू हैं। "चूंकि निर्वाण अज्ञेय है, इसलिए प्रज्ञा एक ऐसा ज्ञान है जो ज्ञान नहीं है।"

ताओ-शेंग वर्तमान क्यांगसू प्रांत में फेंग-छेंग के रहनेवाले थे। अपने जीवन के उत्तरार्ध में उन्होंने बौद्ध शिक्षा के केंद्र लू-शान में अध्यापन-कार्य किया। उनसे पहले यहीं ताओ-अन (मृत्यु 385 ई.) और हुई-यूवन (मृ. 416 ई.) भी अध्यापक रह चुके थे। इससे पहले उनके नवीन सिद्धांतों के कारण उन्हें रूढ़िवादी भिक्षुओं ने नानकिंग से भगा दिया था। मात्र 31 वर्ष की अवस्था में, 434 ई. में उनकी मृत्यु हुई। वे मुख्यतः चार सिद्धांतों के कारण जाने जाते हैं। प्रथम, उन्होंने यह विचार विकसित किया कि "किसी शुभ कर्म का कोई प्रतिफल नहीं मिलता।" इसके लिए उन्होंने *वू-वेइ* (अ-क्रिया या प्रयासहीन क्रिया) और *वू शिन* (अ-मानस) के ताओवादी विचारों का उपयोग किया। इनमें एक का व्यवहार वास्तव में दूसरे का व्यवहार भी है। कर्म का प्रतिफल 'वस्तुओं के प्रति तृष्णा और राग' से होता है। चूंकि *वू वेइ* और *वू शिन* में ये बातें नहीं होतीं इसलिए उस स्थिति में कोई प्रतिफल भी नहीं मिलता। यहां यह बात ध्यान में रखें कि ताओ-शेंग ने 'विभेदरहित स्वतःस्फूर्त क्रिया' के जिस विचार पर जोर दिया था, उसे बाद में छन संप्रदाय ने भी अपना लिया। उनका दूसरा सिद्धांत यह है कि बुद्धत्व आकस्मिक बोध से प्राप्त होता है। इसे भी बाद में छन संप्रदाय ने अपना लिया। ज्ञान और अभ्यास का संचय बोधि की तैयारी मात्र है। संचय क्रमिक प्रक्रिया है मगर बोधि क्रमिक नहीं है। बुद्धत्व का अर्थ *वू* से एकाकार होना है जिसे भागों में विभाजित नहीं किया जा सकता। इसके लिए व्यक्ति को एक गहरी खाई फांदनी होती है और इस प्रक्रिया में बीच की कोई मंजिल नहीं होती। थोड़ा-थोड़ा करके *वू* से एकाकार नहीं हुआ जा सकता। इसलिए बोध तो आकस्मिक ही होता है, भले ही उसकी ओर ले जानेवाली प्रक्रियाएं (ज्ञानार्जन, अभ्यास) क्रमिक हों। ताओ-शेंग का तीसरा सिद्धांत यह है कि हर चेतन व्यक्ति में बुद्ध-जैसी प्रकृति होती है, यानी उसमें सार्वभौम मन होता है, भले ही आकस्मिक बोध प्राप्ति के समय तक उसे यह बात पता न रही हो। अंत में जो बौद्ध मत का विरोधी *इच्छांतिक* है, वह भी बुद्धत्व को प्राप्त हो सकता है। यह सिद्धांत उस समय तक ज्ञात *परिनिर्वाण सूत्र* के खिलाफ था और नानकिंग से उनके भगाए जाने का कारण यही था, हालांकि बाद के पाठ ने उनके सिद्धांत की पुष्टि की और इसलिए आगे चलकर उन्हें सम्मान भी दिया गया।

इसी के साथ हम छनवाद पर पहुंचते हैं। छन का अर्थ ध्यान है। यह बौद्ध मत का एक शुद्धतः चीनी संप्रदाय है और चीन के बाहर बौद्ध मत के अन्य संप्रदायों की अपेक्षा अधिक ज्ञात है। इसका आंशिक कारण बौद्ध मत के जापानी स्वरूप, अर्थात् ज़ेन बौद्ध मत के रूप में इसका विकास और इसकी लोकप्रियता है। यह माना जाता है कि इस संप्रदाय की गुह्य शिक्षाओं के बोधिधर्म तक पहुंचने से पहले

उनका संप्रेषण 'किसी भी लिखित पाठ से स्वतंत्र रूप से' किया जाता था। ये बोधिधर्म भारत के 28वें महास्थविर थे जो 520 या 526 ईसवी के बीच किसी समय चीन पहुंचने के बाद छन संप्रदाय के पहले *त्सू* (महास्थविर) बने। हुई-खो (486-593) अर्थात् बोधिधर्म ने जो परंपरा स्थापित की, वह तब तक अक्षुण्ण रही जब तक कि पांचवें महास्थविर हुंग-चेन (605-675) के दो शिष्यों ने क्रमशः उत्तरी और दक्षिणी संप्रदायों की स्थापना नहीं की। ये शिष्य थे, शेन-श्यू (मृ. 706) और हुइ-नेंग (638-713 ई.)। चूंकि इस द्वितीयोक्त को प्रथमोक्त से अधिक महत्व मिला इसलिए उसे ही छठा महास्थविर माना गया।

बोधिधर्म की कहानी शुद्ध कल्पना मात्र है। यह ग्यारहवीं सदी के छनवादियों के मन की उपज थी। वास्तव में छनवाद का सैद्धांतिक आधार तो ताओ-शेंग ने ही तैयार कर दिया था। छनवाद के दो सूत्र इस प्रकार हैं : 'मन ही बुद्ध है' और 'अ-मानस और अ-बुद्ध'। पहले का निरंतर उल्लेख शेन-श्यू के यहां मिलता है और दूसरे का हुइ-नेंग के यहां, हालांकि 'प्रथम मूलतत्व अनिर्वचनीय है' का सामान्य विचार दोनों के यहां पाया जाता है। 'प्रथम मूलतत्व' से तीसरे स्तर का 'उच्चतर बुद्धि का सत्य' अभिप्राय है जिसका उल्लेख ची-त्सांग का परिचय देते समय हम पहले ही कर चुके हैं। छन आचार्य वेन-यी (मृ. 958 ई.) से पूछा गया कि प्रथम मूलतत्व क्या है, तो उसने उत्तर दिया कि "अगर मैं यह बात तुमसे बतला दूं तो मैं द्वितीय मूलतत्व बनकर रह जाऊं।" इसकी व्याख्या का प्रयास करना शब्दजाल में फंसने के समान है क्योंकि *वू* जो प्रथम मूलतत्व है, उसे सार्वभौम मन या ऐसा कोई भी नाम नहीं दिया जा सकता। इसलिए कुछ छन आचार्य *वू* के विचार को प्रतिपादित करने के बारे में चुप रहना ही बेहतर समझते थे। ऐसा प्रतीत होता है कि हुई चुंग (मृ. 775) को किसी भिक्षु से शास्त्रार्थ करना था। उसने आसन ग्रहण किया और चुप्पी साध ली। जब कहा गया कि वह कोई प्रस्थापना तो सामने रखे ताकि तर्कवितर्क हो सके तो उसने कहा कि वह अपनी प्रस्थापना रख चुका था। जब पूछा गया कि वह प्रस्थापना क्या थी तो वह मौन साधे हुए ही वहां से चल दिया। अगर कोई यह इच्छा करे कि काश सभी दर्शनशास्त्रीय प्रणालियों में तथाकथित अनुभवातीत वास्तविकता संबंधी सारे विवाद इसी प्रकार के होते तो वह संभवतः क्षमा के योग्य है।

खैर, यह बात जाने दें। छन परंपरा में शिष्यों को शिक्षा व्यक्तिगत संपर्क के द्वारा ही दी जाती थी और किसी ग्रंथ की सहायता नहीं ली जाती थी। जो लोग प्रथम संपर्क से वंचित रहते थे उनके लाभार्थ *यू लू* (लिखित विचारविमर्श) नामक ग्रंथ होता था। व्यक्तिगत संपर्क में अध्यापन का प्रकार परंपरागत न था। कोई उपदेश नहीं और कोई दृष्टांत नहीं। उदाहरण के लिए अगर कोई शिष्य यह जानना चाहे कि बौद्ध मत के मूलभूत सिद्धांत क्या थे तो हो सकता है कि आचार्य अपनी 'सहायता' उस शिष्य की अच्छी-खासी धुनाई के रूप में दे! या, वह कोई अप्रासंगिक या विरोधाभासी उत्तर दे, जैसे यह कि बाजार में चावल का दाम

आठ रुपए प्रति किलोग्राम है ! कुल मकसद शिष्य को यह जताना होता था कि उसका प्रश्न अनुत्तरणीय है। शिष्यगण इसे ही बहुत बड़ा ज्ञान मानते थे। पर यह तभी होता जब शिष्य आकस्मिक बोधि के कगार पर होता था और उसे अंतिम छलांग लगाने के लिए किसी मदद की जरूरत होती थी। इसे 'डंडे या चीख-पुकार की विधि' कहते हैं। इसमें "शिष्य से किसी समस्या पर विचार के लिए कहा जाता है और तब उस पर मुक्कों की बारिश शुरू कर दी जाती है या उसके सर के पास चीख-पुकार मचाई जाती है। यह भौतिक क्रिया शिष्य को स्तब्ध करके बोधि की मानसिक चेतना दिलाती है जिसके लिए वह एक लंबे समय से तैयारी कर रहा था।" ग्रंथ या आचार्य पूरी प्रक्रिया के दौरान शिष्य की सहायता नहीं कर सकते, इसका संकेत छन आचार्य यी-श्वन (मृ. 886 ई.) ने इस प्रकार किया था : "अगर तुम सही ज्ञान प्राप्त करना चाहते हो तो तुम्हें दूसरों से धोखा नहीं खाना चाहिए। तुम्हें हर उस वस्तु को नष्ट कर देना चाहिए जिससे तुम्हारा आंतरिक या बाह्य रूप से सामना होता है। अगर तुम्हारा सामना बुद्ध से हो तो बुद्ध को मार डालो। अगर तुम्हारा सामना महास्थविरों से हो तो उन महास्थविरों को मार डालो... तभी तुम अपनी मुक्ति प्राप्त कर सकते हो।"

चूंकि प्रथम मूलतत्व का ज्ञान ज्ञानहीनता है इसलिए इस ज्ञान के साधन रूप में किसी भी ध्यानविधि या किसी भी सहायक सामग्री का प्रस्ताव नहीं किया गया है। इसलिए उस ज्ञान के संस्कार की विधि साथ ही संस्कारहीनता की विधि भी होनी चाहिए। जब ह्वइ-चांग (मृ. 744 ई.) का एक शिष्य, मा-त्सु, हेंग पर्वत पर ध्यानमग्न था तो उसके गुरु ने आईना बनाने के लिए ईंटों का चूरा करना आरंभ कर दिया। जब पूछा गया कि ईंटों का चूरा करके वह उससे आईना कैसे बना सकता है तो उसने कहा कि "अगर ईंटों के चूरे से आईना नहीं बन सकता तो ध्यान से कोई बुद्ध कैसे बन सकता है ?" किसी सचेत प्रयास *(यू- वेइ)* का कोई भी स्थायी परिणाम नहीं निकल सकता क्योंकि कारण की शक्ति के जाते रहने पर परिणाम दोबारा निःस्थायी हो जाता है। नए तथा और अधिक कर्मों का अर्थ है नए तथा और भी अधिक दुख, जिससे संसार के बंधनों का अंत नहीं हो सकता। इसलिए एक पूर्णतः निरुद्देश्य मन के साथ पूर्ण विरक्ति से सारे काम करना अनिवार्य है। यहां ताओवादी दृष्टिकोण का रंग साफ झलकता है। बस उनकी शब्दावली ही थोड़ी भिन्न थी और उन्होंने 'स्वाभाविक रूप से कर्म करने और स्वाभाविक जीवन बिताने' की बातें कही थीं।

इसलिए छनवाद के लिए महत्वपूर्ण प्रश्न यह है कि चेष्टा का परित्याग कैसे किया जाए। अंततः चेष्टाहीन हो सकने के लिए आरंभ में निश्चित ही चेष्टा की आवश्यकता होती है। आरंभ का 'सोद्देश्य मन' आगे चलकर 'निरुद्देश्य मन' बन जाता है। मूल अज्ञान तथा स्वाभाविकता तो प्रकृति की देन है, मगर जो ज्ञान ज्ञान नहीं और जो संस्कार संस्कार नहीं, वे दोनों ही आत्मा की उपज हैं।

छन आचार्य बोधि का अर्थ 'ताओ का दर्शन' लगाते हैं। यह वह अवस्था है जहां सारे भेद मिट जाते हैं, जहां "ज्ञान और सत्य अभेद हो जाते हैं, वस्तुएं और आत्मा एकाकार हो जाती हैं और अनुभव तथा अनुभव की वस्तु में भेद नहीं रह जाता।" केवल अनुभवकर्ता

ही जान सकता है कि वह अनुभव कैसा है। छन आचार्यों ने आकस्मिक बोधि को 'बर्तन की पेंदी का टूटना' बतलाया है। यह वह अवस्था है जब सारा अंतर्तत्व समाप्त हो जाता है और सारी समस्याएं अकस्मात हल जो जाती हैं। ऐसा नहीं कि समस्याओं के कोई नए और सकारात्मक हल प्राप्त होते हों बल्कि समस्याएं ही, समस्याएं नहीं रह जातीं। इस आकस्मिक बोधि के बाद कोई उपलब्धि पाना शेष नहीं रहता। वास्तविक और प्रतीयमान एकरूप हो जाते हैं और इसलिए प्रतीयमान से अलग वास्तविकता की तलाश अप्रासंगिक हो जाती है। जैसाकि छन आचार्य शू चओ ने कहा था : "रोग मात्र दो ही हैं। एक रोग है गर्दभ की तलाश उसी गर्दभ पर सवार होकर करना, और दूसरा रोग है गर्दभ पर सवार होना और उसकी पीठ पर से उतरने की इच्छा न करना।"

आकस्मिक बोधि पानेवाले की जीवनशैली दूसरों की जीवनशैली से भिन्न नहीं होती। उसमें और दूसरों में कुल अंतर यह होता है कि वह संतत्व प्राप्त कर चुका है जबकि दूसरों ने नहीं किया है। फिर भी उसे संतत्व पीछे छोड़कर एक बार फिर नश्वर मनुष्यों की दुनिया में प्रवेश करना होता है। इसे "सौ-फुटे बांस के शिखर से एक कदम और ऊपर उठना कहते हैं।" यह शिखर बोधत्व प्राप्ति का शिखर है और इससे एक कदम और ऊपर उठने का अर्थ 'सामान्य जीवन में दूसरे जो कुछ करते हैं वह करना' है। जैसाकि *नन्-छ्वन* में कहा गया है : "उस पार की जानकारी पा लेने के बाद पलटो और इस पार रहो।" एक और छन सूक्ति के अनुसार, आदर्श स्थिति यह है कि "पूरे दिन भोजन करो और फिर भी एक दाना तक न चबाओ, पूरे दिन वस्त्र पहनो और एक धागा तक न छुओ।" जो लोग जीवन की अंतहीन चिंताओं और संघर्षों से निरंतर दुखी और खिन्न हों उनके दृष्टिकोण से यह मनःस्थिति सचमुच कुछ-कुछ ईर्ष्याजनक होगी।

अध्याय 9

# नव-कन्फ्यूशियसवाद

हमने पिछले अध्याय का समापन ऐसे व्यक्ति के चरित्र-वर्णन से किया था, जिसे आकस्मिक रूप से बोधि की प्राप्ति हुई हो और फिर भी वह सामाजिक मनुष्य हो। आध्यात्मिक रूप से उसका उत्थान तो होता है मगर सामाजिक रूप से वह दूसरों से भिन्न नहीं होता। तो क्या इसका मतलब यह नहीं हुआ कि उसे अपने परिवार और राज्य की सेवा का काम पहले की तरह करते रहना चाहिए ? छन आचार्यों ने इसका जवाब देना तो दूर, इस प्रश्न को जोरदार ढंग से उठाया भी नहीं। यह काम नव-कन्फ्यूशियसवादियों ने पूरा किया और ऐसा करते समय उन्होंने छनवादियों की खुलकर भर्त्सना भी की। विश्व और राज्य पहले भी कन्फ्यूशियसवाद के लिए ध्यान के केंद्र थे। इसलिए कोई भी संप्रदाय इनके प्रति प्रत्यक्ष या परोक्ष रूप से उपेक्षा का भाव अपनाता तो उसका जवाब देना भी जरूरी था। इसलिए राज्य के प्रति व्यक्ति के उत्तरदायित्व के बारे में उदासीन रहनेवाले ताओवादी और छनवादी आलोचना के विशेष पात्र बने। आधुनिक शेंसी प्रांत में हेंग-छ्व नामक स्थान का निवासी चांग त्साई (1020-1055) ऐसे आलोचकों में प्रमुख था। उसकी पुस्तक *चेंग मेंग* (नए शिष्यों के हेतु सही अनुशासन) ने *वू* (असत्) के विचार को ध्वस्त किया और यह सिद्धांत प्रतिपादित किया कि सभी वस्तुएं एक ही तत्व *छी* से निर्मित हैं और इसलिए वे एक ही महाकाया के अंग हैं। इनमें मनुष्य भी आते हैं। उसने यह संदेश अपने अध्ययन-कक्ष की पश्चिमी दीवार पर खुदवा लिया था और इसलिए यह *शी मिंग* (पश्चिमी आलेख) के नाम से विख्यात हुआ। स्वर्ग और पृथ्वी *(छियेन* और *खुन)* के जो 'सार्वभौम अभिभावक' हैं, उनकी सेवा करना मनुष्य का परम कर्तव्य है। उनकी सेवा का ढंग यही है कि नैतिक कार्यों के लिए वह हमेशा तत्पर रहे।

नव-कन्फ्यूशियसवाद का विशिष्ट तत्व यही है। इसके अनुसार कोई भी संत "स्वयं को विश्व से अलग नहीं करता (जैसाकि बौद्ध कहते हैं ) और न ही वह अपने जीवन को दीर्घ बनाता है (जिसका प्रयास ताओवादी करते हैं)।" उसे ज्ञात होता है कि "जीवन का अर्थ कोई लाभ नहीं होता, और न ही मृत्यु का अर्थ कोई हानि है।"

नव-कन्फ्यूशियसवादियों का सरोकार इससे नहीं है कि बुद्ध कैसे बना जाए या निर्वाण कैसे प्राप्त किया जाए, बल्कि उनका सरोकार इससे है कि 'संतत्व' की यह स्थिति कैसे प्राप्त की जाए। उनके लिए संतत्व मानव समाज के बाहर की कोई वस्तु नहीं है बल्कि वह मानव संबंधों के अंदर ही प्राप्त की जानेवाली स्थिति है। जैसाकि चओ दुन-यी ने कहा है, संतत्व का अर्थ निश्चलता या *वू-ख* (इच्छाओं का अभाव) की स्थिति है।

ऐसे विचार कन्फ्यूशियस, मेन्शियस और श्वन-ज़ू की शिक्षाओं से एकदम मेल तो नहीं ही खाते। लेकिन यह सही है कि उन्होंने संतत्व की बातें कही थीं, मगर 'इच्छाओं के अभाव' से उनकी बातों का कुछ भी लेनादेना नहीं था। उनके संत तो वास्तव में बहुत कुछ के इच्छुक थे। यह बात देखी जा सकती है कि आरंभिक संप्रदाय का नैतिक तत्व इस नए संप्रदाय में बहुत कुछ धूमिल पड़ गया है और आरंभिक संप्रदाय में जिस तत्वमीमांसा के लिए कोई गुंजाइश न थी, वह भी यहां शामिल कर ली गई है। स्पष्ट है कि नव-कन्फ्यूशियसवादी अपनी बातें नए वातावरण में कह रहे हैं जिसमें बौद्ध और ताओवादी सिद्धांतों से आंखें नहीं चुराई जा सकतीं। उन्होंने अपनी विचारप्रणाली में कन्फ्यूशियस का स्थान बनाए रखा तो इसकी वजह उनके सिद्धांतों की स्वीकृति से अधिक उनके प्रति सम्मान की भावना तथा एक मान्य दर्शनशास्त्री के शिष्य कहे जाने से मिलनेवाले लाभ की भावना है। उन्होंने कन्फ्यूशियस के अनेक सिद्धांतों से स्पष्ट रूप से नाता तोड़ा है जिसका कारण मुख्यतः यह है कि ये सिद्धांत अब कारआमद नहीं रहे थे। इसके अलावा उन्होंने अनेक मुद्दों पर ताओवादियों से समझौता किया और इस प्रकार नव-कन्फ्यूशियसवाद को 'विदेशी' बौद्धों के खिलाफ कन्फ्यूशियसवादियों और ताओवादियों का संयुक्त मोर्चा बना दिया। छेन शुन (1200 ई.) ने विश्व को नकारनेवाले बौद्ध संप्रदाय की अच्छीखासी भर्त्सना की है। वह पहले तो कर्म के सिद्धांत को निरर्थक बताकर उसकी हंसी उड़ाता है फिर सवाल करता है कि नरक किस पदार्थ का बना है और वह पदार्थ प्राप्त कहां से किया गया। उसकी अंतिम चोट तो सचमुच बहुत जोरदार है : "आगे जिस वस्तु को वे प्रसन्नता कहते हैं वह 'गैरकानूनी पैसे' से प्राप्त की जा सकती है और इसे पाकर अपराध क्षमा किए जा सकते हैं। अगर ये आध्यात्मिक प्राणी सच्चरित्र होते तो वे रिश्वतों के इतने लालची न होते।" इसमें शक नहीं कि यह चोट उन भारीभरकम दान-उपहारों पर है जो बौद्ध भिक्षु अपने संरक्षकों से मठों और मंदिरों के निर्माण के लिए प्राप्त करते थे ताकि वहां विश्व की मायावादी प्रकृति की विवेचना की जाए और उस पर विश्वास किया जाए। छेन शुन की यह आलोचना धार्मिक आस्था, पुरस्कार, क्षमा और हमारे चमत्कारों के समकालीन सौदागरों पर बखूबी लागू होती है।

सकारात्मक पक्ष को लें तो नव-कन्फ्यूशियसवादियों ने मेन्शियस से यह विचार ग्रहण किया है कि कोई भी व्यक्ति यओ या शुन (अतीत के आदर्श संत राजा) हो सकता है। मनोवैज्ञानिक स्तर पर इसका यह अर्थ लगाया गया कि उच्चतम शुभ के

प्रकट होने की संभावना हर व्यक्ति में होती है। तथाकथित 'महान सदाचार' पर जोर देकर चेंग हओ जैसे नए विचारकों ने इस धारणा को तत्वमीमांसा के स्तर पर भी लागू किया। इस पर हम शीघ्र ही विचार करेंगे।

630 ई., अर्थात् थांग राजवंश के सत्ता में आने के कुछ ही समय बाद की बात है कि सम्राट थइ-त्सुंग ने कन्फ्यूशियसवादी ग्रंथों का एक आधिकारिक संस्करण तैयार करने का हुक्म जारी किया। उस काल की नई मांगों की पूर्ति के लिए इन पाठों और टीकाओं का एक और भी कठोर भाष्य आवश्यक था। यह काम थांग काल के उत्तरार्ध में हान यूव (768-824) और ली अओ (मृ. 844 ई.) ने किया। उनके अनुसार मेन्शियस के बाद संप्रेषण का क्रम रुक गया था क्योंकि श्वन-ज़ू और अन्य विचारक कन्फ्यूशियस के 'मूलभूत तत्वों तक पहुंचने में' असफल रहे थे। उन्होंने स्वयं को 'ताओ या सत्य के अध्ययन में रत संप्रदाय' की संप्रेषणप्रणाली की नई कड़ियां कहा। इस नए संप्रदाय के तीन तत्व थे : कन्फ्यूशियसवाद, छनवाद के रूप में बौद्ध मत और ताओवाद का एक मिश्रण, तथा ताओवादी धर्म जिसमें यिन-यांग संप्रदाय के ब्रह्मांड संबंधी विचारों का महत्वपूर्ण स्थान था। इन परस्परविरोधी प्रणालियों का कोई घालमेल तैयार करना ही कठिन काम रहा होगा और इसलिए इसमें कोई शक नहीं कि उनसे समग्र प्रणाली तैयार करने को असाधारण कार्य कहा जाएगा। दर्शनशास्त्र के इस नए संप्रदाय ने अगर अत्यंत तनावपूर्ण रूप धारण किया तो उसका आंशिक कारण यही है। हालांकि यह प्रक्रिया ली अओ के साथ आरंभ हुई, मगर वास्तव में यह ग्यारहवीं सदी में ही प्रणाली का रूप धारण कर सकी। तब तक थांग वंश के पतन के बाद सुंग वंश के अंतर्गत चीन का दोबारा एकीकरण हो चुका था।

नव-कन्फ्यूशियसवाद के सभी सिद्धांतों पर विचार करना कत्तई जरूरी नहीं है। कारण यह कि इनमें अनेक सिद्धांत तो गूढ़ विद्वत्ता के नाम पर प्रचलित भोंडी बकवास हैं। उदाहरण के लिए, इस संप्रदाय के पहले ब्रह्मांडमीमांसक चओ दुन-यी ने 'व्यक्ति द्वारा अनश्वरता की प्राप्ति की कुंजी' कहे जानेवाले कुछ रहस्यवादी चित्र लेकर उनसे 'ब्रह्मांडीय उद्‌विकास की प्रक्रिया को प्रदर्शित करनेवाला' एक चित्र बनाया। इसे *थइ-ची-थू* (परम और अंतिम सत्ता का चित्र) कहा जाता है। यह परम और अंतिम सत्ता *(थइ-ची)* जो अंतहीन *(वू ची)* भी है, अपनी गति की प्रक्रिया में *यांग* को जन्म देती है। जब यह गति अपने आदर्श स्तर तक पहुंचती है तो निश्चलता आती है और इससे *यिन* की उत्पत्ति होती है। उसके बाद दोबारा गति आरंभ होती है और निश्चलता अपनी चरम सीमा तक पहुंचती है। इस प्रकार गति और निश्चलता, दोनों एक-दूसरे को उत्पन्न करती हैं। *यांग* और *यिन* के संयोग से तत्वों *(छी)* की उत्पत्ति होती है। तब ऋतुओं और अन्य सभी वस्तुओं की उत्पत्ति होती है। *यांग* और *यिन* का यह रूपांतरण और संयोग अंतहीन होता है। मनुष्य सबसे अधिक मेधावी प्राणी इसलिए है कि उसमें यह रूपांतरण और संयोग उच्चतम स्तर तक देखे जा सकते हैं। उसके चरित्र

में पंचतत्वों के संगत पांच मूलभूत विशेषताएं होती हैं, जिनमें से शुभ-अशुभ-विवेक एक है। इन विशेषताओं से युक्त होने के नाते वह 'संतत्व' की प्राप्ति के द्वारा "स्वयं को मानवता के सामने सर्वोच्च मानदंड के रूप में स्थापित करता है।"

नव-कन्फ्यूशियसवाद के दो संप्रदायों का विकास 'दो छेंग आचार्यों' : छेंग यी (1033-1108) और छेंग हओ (1032-1085) के हाथों हुआ। ये दोनों सगे भाई थे। पहले संप्रदाय को छेंग चू संप्रदाय अर्थात् कानूनों या सिद्धांतों का संप्रदाय *(ली श्वेह)* कहते हैं। इसे चू शी (1130-1200) ने पूर्णता की सीमा तक पहुंचाया। दूसरे को *लू वांग* संप्रदाय कहते हैं क्योंकि इसे लू च्यू-यूवान (1139-1193) ने जारी रखा और वांग शओ-चेन (1473-1529) ने पूर्णता तक पहुंचाया। इसे मन का संप्रदाय *(शिन श्वेह)* भी कहा जाता है। दोनों संप्रदायों के बीच मतभेद का कारण तत्वमीमांसा का यह महत्वपूर्ण प्रश्न था कि "क्या प्रकृति के नियम मन या सार्वभौम द्वारा बनाए जाते हैं ?"

चांग-त्साई के सभी वस्तुओं की एकता *(श्री मिंग)* के विचार को छेन हओ ने अपनी विचारप्रणाली का केंद्र बनाया। वह इस सिद्धांत के अनुसार कर्म करने पर जोर देता है, हालांकि यह चेतावनी भी देता है कि 'एकता की स्थापना के लिए कोई भी कृत्रिम प्रयास' नहीं किया जाना चाहिए। यह विचार 'पूर्णतः प्रयासहीन होने' के समान है। इससे पहले महान सदाचार के संस्कार की विधि बतलाते हुए मेन्शियस ने उसकी तुलना 'अनाज पैदा करने' से की थी : "आप खींचतानकर पौधों को विकसित नहीं करा सकते।" देंग हओ ने इसी बात को रेखांकित किया।

दूसरी ओर, छेंग यी ने *ली* अर्थात् वस्तुओं के अलग-अलग प्रवर्गों का नियमन करनेवाले अमूर्त सिद्धांतों का प्रश्न उठाया। *परिवर्तन ग्रंथ* के *परिशिष्ट* में पहले ही कहा जा चुका था कि वस्तुओं का नियमन करनेवाले सिद्धांतों अर्थात् 'ताओ' के अनेक प्रकार होते हैं। इसका अनुकरण करते हुए छेंग यी और चू शी ने कहा कि प्रत्येक वस्तु *छी* और *ली* (द्रव्य और सिद्धांतों) से बनी होती है। *छी* का संघनन *ली* के अनुसार अनेक प्रकार से होता है और इसलिए वस्तुओं के अनेक प्रवर्ग होते हैं। पर *ली* संबंधी इस अंतर को छोड़ दें तो वे सभी एक होती हैं। वस्तुओं के सभी प्रवर्गों के अपने सिद्धांत होते हैं, हालांकि यह आवश्यक नहीं कि सभी सिद्धांतों के संगत वस्तुप्रवर्ग भी हों। ऐसे प्रवर्ग कुछ काल बाद भी अस्तित्व में आ सकते हैं। उदाहरण के लिए, किसी अंतरिक्षयान का *ली* उसके निर्माण से पहले भी विद्यमान होता है। उस *ली* का आविष्कार ही उस वस्तु के निर्माण का कारण बनता है। पर सामान्य समझ यह है कि किसी वस्तु का द्रव्य *(छी)* उसके सिद्धांत *(ली)* के अनुरूप किसी वस्तु को उत्पन्न करता है। *ली* का कोई आकार नहीं होता, मगर *छी* का होता है। इसके अलावा, *ली* शाश्वत होता है। इसमें कुछ भी जोड़ा नहीं जा सकता और न ही इसमें से कुछ घटाया जा सकता है।

आध्यात्मिक संस्कार के सिलसिले में छेंग यी एकाग्रता *(चिंग)* की भूमिका को सबसे महत्वपूर्ण मानता है। इस संदर्भ में *चिंग* की बात तो छनवादियों ने भी की

थी, लेकिन उनका अभिप्राय 'निश्चलता' से था। यहां नव-कन्फ्यूशियसवादियों ने जरा-सी भिन्न वस्तु पर जोर देकर खुद को छनवादियों से अलग कर लिया है। 'एकाग्रता' आरंभिक प्रयास का सूचक है जबकि 'निश्चलता' में किसी भी स्तर पर प्रयास के लिए कोई जगह नहीं। जहां तक प्रसन्नता का प्रश्न है, नव-कन्फ्यूशियसवादी नैतिकताओं और संस्थाओं *(मिंग-ज्याओ)* को उसका साधन मानते हैं। कन्फ्यूशियस ने *सूक्तियों* में जो घोषणा की थी वही इन विचारकों का आदर्शवाक्य बन गई : ''खाने के लिए मोटा अनाज, पीने के लिए सिर्फ पानी और सोने के लिए मुड़ी हुई बाहों का तकिया, मैं तो इन्हीं वस्तुओं के साथ प्रसन्न हूं। जिन साधनों को मैं मानता हूं कि गलत हैं, उनसे प्राप्त संपत्ति और सम्मान मेरे लिए भटकते बादलों के समान हैं।'' छेंग यी ने इसकी व्याख्या इस प्रकार की कि आचार्य के 'मन की जो अवस्था थी वही' उनके लिए प्रसन्नता का कारण बन गई, बावजूद इसके कि 'उनके पास जीवनयापन के बहुत मामूली साधन' थे। छेंग हओ इस 'मनोस्थिति' को 'अवैयक्तिक, तटस्थ तथा वस्तुओं के प्रति स्वतःस्फूर्त ढंग से प्रतिक्रिया करनेवाला' बतलाते हैं। इसे *फेंग ल्यू* भी कहते हैं। इसका अर्थ ''एक ऐसा मन है जो वस्तुओं के भेदों से परे होकर स्वयं के अनुरूप जीता है न कि अन्य वस्तुओं के अनुरूप।''

चीन के सबसे महत्वपूर्ण दार्शनिकों में एक है चू शी जू जिसे चू जू (1130-1200) भी कहते हैं। यह आज के फू क्येन प्रांत का रहनेवाला था। सत्रहवीं सदी के आरंभ में आधुनिक दार्शनिक प्रवृत्तियों के उदय से पहले तक वह अपने सूक्ष्म तर्कों, विशद ज्ञान तथा व्यापक साहित्यिक रचना के कारण श्रेष्ठतम दर्शनशास्त्री कहा जाता रहा। *ली (ली श्वेह)* संप्रदाय को उसके रूप में एक जोरदार समर्थक मिला। उसके द्वारा की गई कन्फ्यूशियसवादी ग्रंथों की व्याख्या सभी राजकीय परीक्षाओं के लिए (1905 में इन परीक्षाओं के उन्मूलन तक) प्रामाणिक मानी जाती रही। विद्वत्ता और चिंतनमनन के लिए वह प्रतिष्ठा का पात्र बना रहा। उसने यह बात स्पष्ट की कि *छी* 'वस्तुओं का उच्चतम आदर्श आद्यरूप' और इस प्रकार 'वस्तुओं का अंतिम मानदंड' है। ऐसा मानदंड ब्रह्मांड के सिलसिले में एक ऐसी मान्यता बन जाता है जो उच्चतम और सर्वग्राही हो। ''इसमें सभी वस्तुओं के *ली* की बहुलता समाहित है और यह उन सबका उच्चतम संयोग है।'' इसी कारण इसे परम और अंतिम सत्ता *(थइ ची)* कहते हैं। यह सभी वस्तुप्रवर्गों की एक-एक इकाई में निहित है और फिर भी यह अविभाज्य है। यह उस चंद्रमा के समान है जिसका तरह-तरह से प्रतिबिंबन होता है फिर भी वह अविभाज्य होता है। जहां तक *छी* का सवाल है, यह कहा गया है कि ''अगर छी नहीं हो तो कोई समय भी न हो।'' इसके अलावा, ''*छी* के बिना कोई *ली* और *ली* के बिना कोई *छी* संभव नहीं है।'' इसलिए कौन पूर्ववर्ती और कौन परवर्ती है, यह प्रश्न निराधार है। तो फिर प्रथम चालक कौन है ? *ली* यह शक्ति नहीं है क्योंकि उसमें न तो इच्छा होती है और न ही सृजनशक्ति। *छी* गतिमान भी हो सकता है और स्थिर

भी। जब यह गतिमान हो तो *यांग* होता है और स्थिर हो तो *यिन* होता है। इससे स्पष्ट होता है कि वस्तुएं किस प्रकार अस्तित्व में आती हैं और क्यों वे जो कुछ हैं वही हैं।

उपरोक्त से स्पष्ट है कि मानवप्रकृति मानवता का *ली* है जो हर व्यक्ति में निहित है। निश्चित ही इसका अस्तित्व व्यक्ति के बिना भी संभव है। पर किसी मनुष्य को मूर्त अस्तित्व पाने के लिए *छी* का साकार रूप होना होगा। सभी मनुष्यों में एक ही *ली* होता है और उनमें अंतर होता है तो *छी* के कारण। *ली* जो शाश्वत होता है, हमेशा ही शुभ होता है। इसलिए अशुभ की उत्पत्ति की व्याख्या उसके *छी* के शब्दों में करनी होगी। इसी तर्क को और फैलाएं तो स्पष्ट होगा कि शासन या राज्य का भी अपना *ली* होता है और यह पहले के संत राजाओं का सिद्धांत और आचरण है। तो हर राज्य का चरित्र उसके *छी* पर निर्भर है। आधुनिक राज्य *ली* से वंचित है जो प्राचीन काल में पूर्णतः विद्यमान था। अंत में, चू शी की दृष्टि में आध्यात्मिक संस्कार का अर्थ है *ली* को व्यक्त बनाना। इसके लिए वह जिस विधि का सुझाव देता है, वह विधि वही है जो छेंग यी की बतलाई हुई है : 'वस्तुओं की छानबीन के द्वारा ज्ञान का विस्तार'। इसके लिए 'मन की एकाग्रता' आवश्यक है क्योंकि यहां मूर्त *(छी)* के द्वारा अमूर्त *(ली)* की छानबीन करनी होती है। अगर आकस्मिक बोधि ही वांछित उद्देश्य है तो इस छानबीन को मात्र बौद्धिक अभ्यास बनकर नहीं रह जाना चाहिए।

छेंग हओ के बाद सार्वभौम मन के संप्रदाय का प्रमुख प्रवक्ता लू च्यू-यूवन है। छेंग यी और यू शी मन को *ली* का *छी* में विद्यमान, साकार रूप मानते हैं। वे सभी वस्तुओं को इसी रूप में देखते हैं। *छेंग चू* संप्रदाय के इस दृष्टिकोण के विपरीत *लू वांग* संप्रदाय ने मन को *ली* माना। "ब्रह्मांड मेरा मन है और मेरा मन ब्रह्मांड है।" इस संप्रदाय का मूलभूत विचार यही है। इसमें मन और प्रकृति को 'विभिन्न नामोंवाली एक इकाई' माना गया है। छेंग हओ और लू च्यू-यूवन के बाद नव-कन्फ्यूशियसवाद के इस दूसरे संप्रदाय को व्यवस्थित रूप देनेवाला वांग शओ-चेन ऐसा दर्शनशास्त्री और व्यावहारिक राजनीतिज्ञ था "जिसने सात दिन तक बांस के *ली* के अन्वेषण का प्रयास किया और असफल रहा।" इस कथन से उसका अभिप्राय यह है कि वस्तुओं के *ली* को महत्वपूर्ण माननेवाला *छेंग चू* संप्रदाय एकदम बकवास है। इस प्रकार इस संप्रदाय का प्रमुख सिद्धांत यह है कि वस्तुएं मन से बाह्य नहीं होतीं। इसके अलावा ब्रह्मांड अनुभव का एकमेव मूर्त विश्व है। चू शी की प्रणाली की तरह यहां अमूर्त *ली* के एक अन्य विश्व के लिए कोई स्थान नहीं है।

यह संप्रदाय दो अन्य धारणाओं के लिए भी जाना जाता है। इन्हें 'महाज्ञान' और 'उदाहरणीय सद्गुण' कहा जाता है। स्वर्ग, पृथ्वी तथा सभी वस्तुओं के साथ स्व के सर्वव्यापी एकत्व की सिद्धि ही 'महाज्ञान' है। यह ज्ञान कायिक रूपों के भेद के तथा स्व और अन्य सभी वस्तुओं के भेद के विपरीत है। सर्वव्यापी एकत्व की चेतना ही 'उदाहरणीय सद्गुण' है। इसकी अभिव्यक्ति तब होती है जब वस्तुओं की भेद संबंधी

अस्पष्टता ज्ञान के द्वारा समाप्त हो जाती है। तभी मनुष्य की मूलभूत प्रकृति, अर्थात् शुभता का व्यवहार किया जा सकता है। यह मौलिक मन सबके पास होता है, और हर कोई सही और गलत का विवेक कर सकता है। जब वांग शओ-चेन ने कहा कि "सड़कें संतों से भरी पड़ी हैं" तो उसका अभिप्राय यही था। यह क्षमता कभी-कभी धूमिल पड़ जाती है मगर अंतर्ज्ञान के आदेशों का पालन करके इसे पुनर्प्राप्त किया जा सकता है। इसकी सिद्धि सामान्य जगत के दैनंदिन अनुभवों के द्वारा होती है, न कि किसी विशेष ध्यानावस्था के द्वारा जिसका उपदेश बौद्ध भिक्षु देते हैं।

नव-कन्फ्यूशियसवाद के ये दोनों ही संप्रदाय बौद्ध मत के विरोधी हैं। एक का तर्क है कि रिक्तता में भी *ली* विद्यमान होता है जो बौद्धों को स्वीकार्य नहीं है तो दूसरे का कहना है कि बौद्धों द्वारा 'मौलिक मन' को स्वीकार न किया जाना उनकी सबसे बड़ी कमजोरी है। उन्होंने बौद्धों पर यह आरोप लगाया है कि वे वस्तुओं से दूर भागने के प्रयास करते हैं क्योंकि "वे मानव संबंधों में विद्यमान कष्टों से भयभीत हैं।" इसके अलावा इसलिए भी वे पलायन के प्रयास करते हैं कि वे वस्तुओं के प्रति मोहग्रस्त हैं। 'सभी वस्तुओं की एकता' की नव-कन्फ्यूशियसवादी धारणा पलायन की आवश्यकता समाप्त कर देती है, क्योंकि कुछ भी ऐसा नहीं है जिससे पलायन किया जाए।

मगर तमाम बातों के बावजूद नव-कन्फ्यूशियसवादी सिद्धांत एकदम अमौलिक हैं। उनको परखने के लिए बेहतर यह होगा कि हम फ़ंग यू-लन के इस निष्कर्ष को उद्‌धृत करें कि "नव-कन्फ्यूशियसवादी ताओवाद और बौद्ध धर्म के समर्थकों की अपेक्षा, इन दोनों धर्मों के मूलभूत विचारों के कहीं बेहतर अनुयायी हैं।"

अध्याय 10

# संशयवादी बुद्धिवाद और भौतिकवाद

यह प्रश्न हम पहले ही उठा चुके हैं कि सामाजिक स्तर पर दर्शनशास्त्र के विभिन्न संप्रदायों का वास्तव में कितने बड़े पैमाने पर व्यवहार किया गया । स्वयं चीन का इतिहास कभी-कभार किए जानेवाले इस दावे को झुठलाता है कि उस पर दार्शनिक सिद्धांतों का अनिर्वचनीय रूप से उत्तम प्रभाव पड़ा है । फिर भी नकारात्मक पक्ष के बारे में बहुत निष्ठुर नहीं हुआ जा सकता । दर्शनशास्त्री के नेक इरादे अपनी जगह, मगर उनका प्रभाव कभी-कभी बहुत ही गंभीर चिंता का विषय होता था । जैसीकि कहावत है, नरक का रास्ता भी नेक इरादों से ही बनाया गया है, जिसका आशय मात्र इतना है कि इरादे ही काफी नहीं हैं । अगर जनता को सोने की बेड़ियों में जकड़ा जाए तो भी वे निकृष्ट धातुओं की बनी हथकड़ियों से बेहतर या बदतर नहीं हो जातीं ।

फिर भी दुनिया के दर्शनशास्त्र के इतिहास का श्रेयस्कर पक्ष भी है । अगर कुछ लोग रहस्यवाद का उपयोग मनुष्य के मन को कुंद बनाने के लिए करते रहे हैं और अगर अनजाने ही अनेक लोग इसके जाल में फंस भी जाते हैं तो भी निश्चित ही ऐसे लोग भी होते रहे हैं जिन्होंने दृढ़तापूर्वक देवाज्ञाओं का उल्लंघन किया है । इस प्रकार हमेशा ही चिंतन की दो धाराएं चलती रही हैं जिनमें एक धारा जनता पर सवारी गांठती रही है तो दूसरी उसे चकमों और धोखाधड़ी से होशियार रहने की चेतावनी देती रही है । एक धारा उपदेश देती रही है तो दूसरी चिंतन को उत्तेजित करती रही है । एक उलझावों से भरी होती है तो दूसरी उलझनों से निकलने के लिए रास्ते की तलाश करती रही है । एक धारा जनता को अदृश्य शक्तियों का दास बनाती रही है तो दूसरी उसको स्वतंत्रता की ओर ले जाती रही है ।

बहुत पहले, 679 ई. पू. में ही त्सो-चुआन ने यह बात कही थी कि "मनुष्य का भय भूतप्रेत संबंधी कल्पनाओं की जड़ होता है ।" 540 ई. पू. में कुंगसुन छियाओ ने कहा था कि "नदियों और पर्वतों की आत्माओं या तारों का किसी शासक के स्वास्थ्य से कुछ भी लेना-देना नहीं है, महत्व की बातें तो उसकी यात्राएं, भोजन, सुख और दुख हैं ।" कन्फ्यूशियसवादियों या कुछ अन्य संप्रदायों के प्रतिनिधियों की तरह ये दर्शनशास्त्री

भी राज्य के कल्याण के लिए शासक या राजा की अच्छाई और बुद्धिमत्ता पर ही भरोसा करते थे। उदाहरण के लिए, तीसरी सदी ई. पू. में श्वन छिंग ने 'तारों के टूटने या किसी पवित्र वृक्ष के कराहने' के समय जनता में उत्पन्न होनेवाले भय का निराकरण किया था। ग्रहण जैसी कभी-कभार की घटनाओं पर चमत्कृत तो होना चाहिए पर भयभीत नहीं। "अगर शासक सदाचारी हो और शासन शांतिमय हो और ऐसी सभी घटनाएं अगर एक साथ भी घटित हों तो उनसे कोई हानि नहीं होगी।"

दार्शनिक सिद्धांतों के भंडार की दृष्टि से ये विचार भी उतने ही महत्वपूर्ण और सार्थक हैं जितने कि पिछले अध्यायों में विवेचित विचार हैं। जहां तक ज्ञान में वृद्धि की बात है, अभी तक जिन विचारों से हमारा परिचय हुआ है, इन विचारों का उनसे कुछ कम योगदान नहीं रहा है। बल्कि ज्ञान को उच्चतर स्तरों तक ले जाने की उनकी क्षमता संभवतः कुछ अधिक ही होगी। बुद्धिवाद को दार्शनिक ज्ञान के भरोसेमंद स्रोत के रूप में मानने से इनकार करना दर्शनशास्त्र के कुछ संप्रदायों का पुराना खेल रहा है। उनके अनुसार अंतर्ज्ञान इसका अधिक पवित्र और अधिक समर्थ स्रोत है। उनको इस बात का लाभ भी प्राप्त होता है कि अपने दावों के समर्थन में प्रमाण प्रस्तुत करने के लिए वे हमेशा ही बाध्य नहीं होते। यह श्रेयस्कर बोझ ढोना तो संशयवादियों, बुद्धिवादियों और भौतिकवादियों का विशेषाधिकार है।

चीनी दर्शनशास्त्र के इतिहास में संशयवाद की प्रथम अभिव्यक्ति इस प्रश्न को लेकर हुई कि मनुष्य की स्वाभाविक प्रवृत्ति क्या है। हान राजवंश के समय के दर्शनशास्त्री वांग छुंग (27-97 ई.) ने इस प्रश्न की विस्तृत विवेचना की और इस निष्कर्ष पर पहुंचा कि शुभ प्रकृति और उसकी विपरीत प्रकृति, दोनों संस्कार के विषय हैं। वह विचारों से कन्फ्यूशियसवादी था "मगर प्रकृति में वह ताओवाद की रुचि से प्रभावित था।" उसने अपने काल में प्रचलित भवितव्य संबंधी छद्‌म वैज्ञानिक विश्वासों, विभिन्न वस्तुओं की सहायता से भावी घटनाओं की भविष्यवाणी तथा भविष्योक्ति का जमकर विरोध किया। अपने इन गैरपरंपरागत विचारों के कारण वह बराबर सरकारी पदों पर आता रहा और उनसे हटाया जाता रहा। जिस प्रारब्ध के बारे में उस समय बड़ी लंबीचौड़ी बातें कही जाती थीं उसे उसने एक सिरे से खारिज कर दिया और उसे भाग्य और आकस्मिकता का पर्याय बतलाया। उसके अनुसार भाग्य भी घटनाओं के वर्णन के लिए कोई उचित शब्द नहीं है। जब कोई रथ सूखी घास पर तेजी से दौड़ता है तो उसके पहियों के तीव्र घर्षण से घास में आग लग जाती है। तो क्या जो घास आग नहीं पकड़ती उसे 'सौभाग्यशाली' कहा जाएगा ? अपने ग्रंथ *लुंग हेंग (आलोचनात्मक निबंध)* में उसने अपने पूरे कार्य का सारांश एक वाक्यांश में इस प्रकार व्यक्त किया है : "कपोलकल्पनाओं और झूठी बातों के प्रति घृणा।" यहां तक कि *यिन-यांग* और पंचतत्वों के सिद्धांत को भी उसने आंखें मूंदकर नहीं माना। वह स्वर्ग को एक चेतन शक्ति नहीं मानता और विश्व की प्रकृतिवादी व्याख्या करता है। उसने कहा कि स्वर्ग

और पृथ्वी क्रमशः अकायिक और निष्क्रिय हैं और इसलिए वे मनुष्य की इच्छाओं के अनुरूप कुछ कह या कर नहीं सकते। वे प्रार्थनाओं का प्रत्युत्तर नहीं दे सकते और न ही भविष्यवक्ता के प्रश्नों के उत्तर दे सकते हैं। कुछेक अंधविश्वासों को बकवास साबित करके उसने उनकी धज्जियां उड़ा दीं। कहते हैं कि ली-यांग नगर में एक रात भयानक बाढ़ आई और वहां के सारे बंदी और नागरिक मारे गए। वांग छुंग का प्रश्न था कि क्या उन सभी लोगों ने वहां मौजूद रहने के लिए उसी दुर्भाग्यपूर्ण दिन का चुनाव किया था अथवा क्या उच्च पदों पर पहुंचनेवाले सभी विद्वान सफलता प्राप्त करने के लिए सौभाग्यपूर्ण दिनों का चयन करते हैं? कुरबानियों, भूतप्रेत को भगाने के लिए झाड़फूंक आदि के बारे में उसकी भर्त्सनाएं तो बहुत ही तीखी हैं। पर अपने काल की स्वाभाविक ऐतिहासिक सीमाओं के कारण, वह प्रकृति के नियमों और यथार्थ की प्रकृति के बारे में कुछ खास सकारात्मक धारणाएं विकसित नहीं कर सका। इस विचारक को एक विकासाधीन वैज्ञानिक कहे बिना हम नहीं रह सकते।

मुख्यतः बौद्ध सिद्धांतों और उसमें भी खासकर कर्म के सिद्धांत के खंडन के संदर्भ में संशयवादी परंपरा आगे की सदियों में भी जारी रही। एक कट्टर नास्तिक की शैली में फ़ान चेन (450-515) ने 'आत्मा की नश्वरता के बारे में' नाम से एक लेख लिखा। इसमें उसने यह तर्क दिया कि शरीर और आत्मा परस्पर निर्भर हैं और इसलिए आत्मा का शरीर से स्वतंत्र अस्तित्व संभव नहीं है, ठीक उसी तरह जैसे किसी धारदार वस्तु की धार का उससे स्वतंत्र अस्तित्व संभव नहीं है। उसने पुनर्जन्म, आत्मा के गमनागमन और कर्मफल को भी बकवास कहा। बौद्ध मत को संरक्षण देनेवाले अनेक शासक फ़ान चेन को आंखों की किरकिरी समझने लगे, मगर बौद्ध भिक्षुओं के तमाम तर्क भी उसे पराजित नहीं कर सके।

उससे कुछ पहले का एक विचारक है, फओ चिंग-येन। को हुंग ने इस जोशीले विचारक के साथ हुई अपनी वार्ताओं को अपनी कृति *फओ फू-ज़ू* में सुरक्षित रखा है। उसने सामंतवाद और सामंती नौकरशाही के खिलाफ जोरदार तर्क दिए और कहा कि इस मामले में स्वर्ग की इच्छा के प्रश्न को खींचना निरर्थक है। अपनी तमाम सीमाओं के बावजूद उसकी अपनी सरल व्याख्या इस प्रकार है: "बलवानों ने निर्बलों को दबाया और उन्हें अपने अधीन किया और काइयां लोगों ने भोले-भाले लोगों को ठगा और उनसे अपनी चाकरी बजवाई।" उसके अनुसार शासकत्व क्रूरता, हिंसा और यातनाओं का स्रोत है। इसके खिलाफ उसके गुस्से को समझने के लिए उसका एक और उद्धरण यहां देना अप्रासंगिक न होगा। उसके गुस्से का यह नमूना देखें: "एक बार शासक और शासित का संबंध स्थापित हो जाए तो जनता की दुर्भावना दिन-प्रतिदिन बढ़ती जाती है। तब दासों के विद्रोह होते हैं और धूल-मिट्टी में तूफान उठते हैं। तब शासक अपने पैतृक मंदिरों में बैठे कांपते हैं और जनता को परेशान और दुखी किया जाता है। जनता को कर्मकांडों और आदेशों में बांधना, और कानूनों तथा सजाओं से सुधारना पड़ता है। यह ऐसे ही है गोया आप मुट्ठी-भर मिट्टी लेकर गरजते तूफान से अपनी रक्षा का प्रयत्न करें या समुद्री ज्वार के खिलाफ हाथ से तटबंध

का काम लेना चाहें।" तो क्या इसमें कोई आश्चर्य की बात है कि सामंती नौकरशाही को वे रहस्यवादी अस्त्र धारण करने पड़े जो जनमानस को नियंत्रित करने के लिए *यिन यांग* सिद्धांत तथा कुछ और संप्रदायों ने उसे उपलब्ध कराए ? क्या यह भी कोई आश्चर्य की बात है कि शासकों, सामंती सरदारों, मदारिनों और रहस्यवादियों की मिलीजुली भयानक शक्ति के खिलाफ फओ चिंग-येन जैसे असहाय विचारक केवल शाब्दिक विरोध प्रकट कर सके ? उसने शासक समुदाय को सहारा देने के लिए कन्फ्यूशियसवादियों और विधिवादियों की विशेष रूप से भर्त्सना की।

फू यी (555-639) और ल्व कइ (600-665) संशयवादी परंपरा के दो अन्य प्रमुख विचारक हैं। ये दोनों धार्मिक अंधविश्वासों के आलोचक थे। फू यी ने तो 624 ई. में सम्राट गओ ज़ू से प्रार्थना भी की कि बौद्ध मत को समाप्त किया जाए क्योंकि वह "सम्राट की शक्तियों का अपहरण कर रहा था।" उसने बौद्ध संघों की भर्त्सना करते हुए कहा कि भिक्षु और भिक्षुणियां "वहां कुछ भी न करते हुए निकम्मे बैठे रहते हैं और लगान तथा करों की अदायगी से बचते रहते हैं।" इसलिए उन्हें 'साधारणजन के बीच वापस जाकर उत्पादक प्रयासों में लगने' का आदेश दिया जाना चाहिए। ल्व कइ स्वयं भी भविष्योक्ति, नक्षत्रविद्या और खगोलशास्त्र का अच्छा ज्ञाता था और सम्राट दइ ज़ोंग का करीबी होते हुए भी उसने भाग्यवाद और अन्य अंधविश्वासों का मुखर विरोध किया।

आठवीं सदी के हान यू और ल्यू ज़ोंगयुआन पूर्णरूपेण दार्शनिक न होकर महान गद्य लेखक थे। वास्तव में उनका पारस्परिक मतभेद दर्शनशास्त्र को लेकर ही था। हान यू आधा-अधूरा भाववादी दर्शनशास्त्री था हालांकि बुद्ध की अस्थियों की पूजा या बौद्ध सिद्धांतों के उपदेश जैसे कृत्यों के लिए उसके मन में कोई सहानुभूति न थी। वह सर से पांव तक कन्फ्यूशियसवादी था, फिर भी उसके द्वारा की गई बौद्ध मत की आलोचना पर एक संशयवादी की छाप नजर आती है। यह और बात है कि वह अपने संप्रदाय की इतनी तीखी आलोचना करने को तैयार न था और चीनी दर्शनशास्त्र के इतिहास में संभवतः वह अपनी तरह का पहला प्रमुख विचारक है। उसका मत था कि सृष्टि गतिमान पदार्थ से बनी है और वस्तुओं के रूप में ढलने के लिए उसे किसी बाह्य सहायता की आवश्यकता नहीं है। स्वर्ग, पृथ्वी और मूलभूत पदार्थ प्रकृति की उपज हैं और इनके बारे में रहस्य की कोई बात नहीं है। उसका एक अन्य वक्तव्य उसे अनेक आधुनिक दार्शनिकों की श्रेणी में ला बिठाता है। उसका यह कथन इस प्रकार है कि "वस्तुगत प्रवृत्तियां या परिस्थितियां मानवीय विकास का कारण हैं" जिनमें मनुष्य भोजन करने और अपनी रक्षा करने के मामले में अपनी आरंभिक असहायता की स्थिति से विकास करके औजारों की सहायता से एक उत्पादक की अवस्था तक और फिर शासकों, नेताओं और सरकारों को स्थापित करने की अवस्था तक पहुंचता है।

फिर, चौदहवीं सदी में एक विचारक श्येह यिंग-फ़ांग नाम का हुआ जिसने, जैसाकि

उसकी कृति *प्येन हुओ प्येन* से स्पष्ट है, अंधविश्वासों के खंडन को अपना प्रमुख ध्येय बना लिया। परंतु भौतिकवाद की एक व्यापक दार्शनिक व्याख्या करनेवाला विचारक वांग फू-चिह था जो अपने साहित्यिक नाम, वांग छ्वान-शान (1619-1692) से अधिक विख्यात है। मिंग वंश के शासन में वह एक सरकारी पदाधिकारी था मगर जब मांचू वंश ने शासन संभाला तो उसने यह पद स्वीकार करने से इनकार कर दिया। इसके बजाए वह अपने दर्शन की रूपरेखा विकसित करने के लिए हेंगयांग के पास किसी कंदरा में चला गया। उसने भाववादी दृष्टिकोण के खिलाफ जेहाद बोल दिया और नक्षत्रज्ञान तथा आकृतिज्ञान समेत हर तरह के अंधविश्वासों के खिलाफ लिखने लगा। वांग छुंग अकेला दर्शनशास्त्री था जिसे उसने बख्शा। एक प्रकार से नव-कन्फ्यूशियसवादी विचारक होने के बावजूद उसने ब्रह्मांडीय चक्रों जैसी उन बातों का खंडन किया जो प्रेक्षण के दायरे से बाहर थीं।

स्पष्ट है कि निरंतर गतिमान पदार्थ को दो-टूक शब्दों में एकमात्र यथार्थ बतलानेवाला वह पहला चीनी दर्शनशास्त्री है। *ली* (ब्रह्मांड का संगठन-सिद्धांत) से अधिक *छी* (पदार्थ-ऊर्जा) पर जोर देते हुए उसने कहा कि 'रूप' *(शिंग)* कुछ समय तक पहचान की सीमा तक एकसमान बने रहते हैं पर उनकी भौतिक संरचना *(चिह)* निरंतर परिवर्तन की प्रक्रिया में होती है। यह वह सिद्धांत है जो आधुनिक विज्ञान में कायांतरण (मेटाबोलिज्म) की व्याख्या करता है। उसने पंचतत्वों को द्रव्यों के अंतर का आधार माना जबकि इन द्रव्यों का बुनियादी पदार्थ स्वयं अपरिवर्तित रहता है। उसने यह भी कहा कि "वस्तुएं बिखरकर फिर महान अविभाज्यता में तिरोहित हो जाती हैं जो प्रकृति की सृजन-शक्ति है। वे कभी पूर्णतः समाप्त नहीं होतीं।"

दर्शनशास्त्री के रूप में उसने समाज के इतिहास संबंधी प्रश्न भी उठाए। उसकी कृति *ऐतिहासिक परिवर्तनों का सिद्धांत* ऐसे ही प्रश्नों पर प्रकाश डालती है। सामंती नौकरशाही और उससे नए-नए पैदा हुए भ्रष्टाचार का सख्त आलोचक होने के नाते उसने उसे प्राचीन सामंतवाद से भिन्न ठहराया और नौकरशाही की बुराइयों को उसने विस्तृत रूप से उजागर किया। उसने अनेक कालों के अनेक राष्ट्रीय नायकों को मान्यता देते हुए उनको उनकी ऐतिहासिक पृष्ठभूमि में रखकर देखा और विभिन्न कालों के गद्दारों की भी निंदा की। यह अकारण नहीं कि उसे चीनी चिंतनपरंपरा में मार्क्स और एंगेल्स का पूर्ववर्ती कहा जाता है।

लु लुंग छी (1630-1702), येन यूवान (1635-1704), ली कुंग (1659-1733) और दइ चेन (1724-1777) दर्शनशास्त्र की भौतिकवादी परंपरा में वांग छ्वान-शान के शिष्य थे। इनमें से अंतिम ने *ली* को स्वर्ग द्वारा भेजी गई वस्तु मानने से इनकार कर दिया और कहा कि "*छि* अकेले ही सभी घटनाओं की व्याख्या कर सकता है।" यह सिद्धांत तो इस परंपरा में उसके पूर्ववर्तियों के विचारों से भी अधिक भौतिकवादी है। उसकी दृष्टि में सहयोग-भाव, सदाचार, शालीनता, बुद्धिमत्ता आदि नैतिक मूल्य

''भूख और यौन की मूलभूत वृत्तियों, जीवन की सुरक्षा और मृत्यु से बचाव की स्वाभाविक इच्छा का विस्तार मात्र हैं।'' इसलिए ''उनकी कामना इन इच्छाओं से अलग नहीं की जानी चाहिए।'' इस प्रकार इस वस्तुयोजना में सद्गुण ''इच्छाओं का अभाव या दमन नहीं बल्कि उनकी व्यवस्थित अभिव्यक्ति और पूर्ति'' का नाम है।

अध्याय 11

# उच्चतर लक्ष्यों की ओर प्रयाण

सोलहवीं सदी की एक कथा है कि किसी बौद्ध मंदिर में एक भिक्षु को एक अधिकारी का स्वागत तब करना पड़ा जबकि वह विद्वान अभी वहीं मौजूद था, जिसका स्वागत वह पहले कर चुका था। जैसा स्वागत-सत्कार उस अधिकारी का हुआ और जिस प्रकार का सत्कार उस विद्वान का किया गया था, उनका अंतर उस विद्वान को खटक गया। अधिकारी के जाने के बाद उस विद्वान ने उस भिक्षु से पूछा कि आखिर यह अंतर क्यों था? तब भिक्षु ने एक फ़लसफ़ियाना जवाब दिया कि "सम्मान करना सम्मान नहीं करना है और सम्मान न करना सम्मान करना है।" उस विद्वान को संभवतः यह जानकर तसल्ली हो जानी चाहिए थी कि भिक्षु ने उसका हृदय से सम्मान किया था हालांकि उसका प्रदर्शन नहीं किया है जबकि अधिकारी को हार्दिक सम्मान के स्थान पर केवल दिखावे का सम्मान मिला था। पर अजीब बात यह हुई कि भिक्षु के इस दार्शनिक प्रवचन से वह विद्वान प्रभावित नहीं हुआ और उसने भिक्षु की जमकर पिटाई कर दी। भिक्षु स्तंभित होकर रह गया। विद्वान से जब पूछा गया कि उसने शालीनता की सीमा का इस प्रकार अतिक्रमण क्यों किया तो उसने भी एक फ़लसफ़ियाना जवाब दिया कि "पीटना पीटना नहीं है और नहीं पीटना पीटना है।"

वांग शओ-चेन के बाद उसकी और खास तौर पर छनवादियों की आलोचना करने के लिए सोलहवीं सदी में यह कहानी गढ़ी गई है। बौद्धिक वाद-विवादों के बाद, कभी-कभी अपनी आंतरिक ललक से दर्शनशास्त्री अपने विरोधी संप्रदायों पर व्यंग्य करने के लिए ऐसी कहानियां भी गढ़ा करते थे। फिर भी यह बात जरूर कही जाएगी कि चीन में विरोधी संप्रदायों के प्रति प्रशंसनीय सहिष्णुता पाई जाती थी। अगर हम भारतीय दर्शनशास्त्र के इतिहास को देखें, जहां शासक वर्ग का संरक्षण पानेवाले संप्रदाय कुछ विरोधी संप्रदायों का नामोनिशान ही मिटा देने पर तुले रहते थे तो यह सहिष्णुता और भी प्रशंसनीय लगेगी।

हमने यह देखा है कि कुछ संप्रदाय केवल अपने विचारों का उल्लेख करते थे और उनको तर्कशास्त्र या ज्ञानमीमांसा के सहारे उचित ठहराने का प्रयास नहीं करते थे, जबकि

ऐसी बातें भारतीय दर्शनशास्त्र में उचित नहीं समझी जाती थीं। उदाहरणस्वरूप उन संप्रदायों को लें जो बड़े पैमाने पर रहस्यवाद का सहारा लेते हैं। *यिन-यांग* संप्रदाय पंचतत्वों, षड्भुजों आदि के बारे में साधिकार अपनी बात कहता है, मगर प्रेक्षित तथ्यों के तार्किक सहसंबंधों के द्वारा एक बार भी अपनी बातों का औचित्य सिद्ध करने का प्रयास नहीं करता। अन्य दार्शनिक संप्रदायों में भी ऐसी प्रवृत्ति एक सिरे से गायब तो नहीं ही है पर चीनी दर्शनशास्त्र की परंपरा में अनेक मामलों में तर्कशास्त्र और ज्ञानमीमांसा से जो सहायता मिल सकती थी, वह हमें नजर नहीं आती।

यहां हमें समन्वय और घालमेल की एक महत्वपूर्ण प्रवृत्ति देखने को मिलती है। अक्सर दूसरों के विचारों का जोरदार खंडन न करके उन्हें अपना लेने के प्रयास किए जाते हैं और इस प्रक्रिया में भिन्न-भिन्न संप्रदाय कभी-कभी अपना मूल रूप ही खो बैठते हैं। चीन में सदियों के कालप्रवाह में कन्फ्यूशियसवाद, ताओवाद और बौद्ध मत का यही अनुभव रहा है। बहुत पहले तीसरी सदी ई. पू. में ही एक ग्रंथ *ल्व-शिह छुन छ्यू* की रचना हुई थी जिसमें यदृच्छा की जोरदार प्रवृत्ति देखने को मिलती है। इसमें कहा गया था कि सभी संप्रदायों का लक्ष्य *ताओ* है जबकि अनेक प्रश्नों पर उन सबके अपने-अपने दृष्टिकोण थे। च्वांग-ज़ू तक ने अपने ढंग से संप्रदायों के समन्वय का प्रयास किया। उसने यहां तक कहा कि विभिन्न संप्रदायों ने केवल सत्यांश ही प्राप्त किए हैं और पूर्ण सत्य को केवल '*ताओ* की विधि' से प्राप्त किया जा सकता है। उसकी टिप्पणी यह थी कि "कन्फ्यूशियसवादी मूल को न जानकर केवल शाखाओं को जानते हैं जबकि ताओवादी शाखाओं से अपरिचित हैं और मूल को जानते हैं।" उसने पूर्ण सत्य की प्राप्ति के साधन रूप में दोनों के समन्वय की बात कही।

स्सु-मा थन (मृ. 110 ई. पू.) ने भी कमोबेश इसी अभिप्राय से *महान परिशिष्ट* को उद्धृत किया : "विश्व में एक ही लक्ष्य होता है, मगर उसके बारे में सौ विचार होते हैं। गंतव्य केवल एक होता है, मगर उसके रास्ते अलग-अलग होते हैं।" इस प्रकार चीन में 'विचार-जगत में एकता' की आकांक्षा कुछ पहले ही पैदा हो चुकी थी। इसलिए 'सौ फूलों को खिलने दो' के अभी हाल ही के नारे की अतीत में बहुत गहरी जड़ें नजर आती हैं। चीन की ऐसी दार्शनिक प्रवृत्तियों को देखकर ही डेर्क बोड ने 1948 में बहुत विश्वास से कहा था कि यूरोप की तीन सदियों की घटनाएं चीन में अगर आधी सदी से भी कम समय में घटित हों तो भी वह देश संकट का सफलतापूर्वक सामना कर लेगा। हो सकता है कि उस देश में हो रहे व्यापक सामाजिक, राजनीतिक और आर्थिक परिवर्तन दिमाग को बौखला दें, मगर जैसाकि डेर्क बोड ने कहा है, "चीनी इतिहास ने अतीत में अनेक बार यह सिद्ध किया है कि मानवीय दुखों के अकथनीय ग़म पर ही सही, चीनी लोग अपने सामने उपस्थित संकटों पर काबू पाने और उनके प्रभावों से उबरने में कामयाब रहे हैं और वे फिर एक बार यह काम करके दिखा सकते हैं।"

जिस जमाने में नव-कन्फ्यूशियसवाद का बोलबाला था उसी जमाने की बात है कि

दर्शनशास्त्र के पश्चिमी संप्रदायों का चीन में प्रवेश हुआ। उनके कारण विचार-जगत में हलचल मची और चिंतन के नए आयाम स्थापित हुए। उस समय वहां घोर दार्शनिक संघर्षों का बौद्धिक वातावरण मौजूद था। चीन की जनता ने दो युगनिर्माता क्रांतियां संपन्न कीं, अर्थात् 1911 की क्रांति जिसमें मांचू वंश का शासन नष्ट हुआ और 1949 की महान क्रांति जब चीनी लोक गणराज्य की स्थापना हुई। इन संघर्षों और इनके बाद के काल में चीन की मिट्टी में अनेक नए दार्शनिक विचारों के बीज फूटे, जिनमें चीन की विशिष्ट परिस्थितियों के अनुसार मार्क्सवाद का रचनात्मक विकास और व्यवहार सबसे महत्वपूर्ण है। इन महत कार्यों के दौरान निश्चित ही कुछ ऐसी दुर्भाग्यपूर्ण विकृतियां आईं जिनके दूरगामी परिणाम हुए। पर अगर वास्तविक जीवन-स्थितियों से जूझने का काम हो तो ऐसी विकृतियां कहां नजर नहीं आतीं? अविचलित और अनमनीय दार्शनिक सिद्धांत तो केवल कल्पना की उड़ान पर आधारित दर्शनशास्त्र के विशेषाधिकार होते हैं न कि वास्तविक, चुनौतीपूर्ण जीवन पर आधारित दर्शनशास्त्र के। प्रश्न यह है कि मानवता की मुक्ति की कामना करनेवाले मूलभूत सिद्धांतों को अपनाया जाए या छोड़ दिया जाए। इस प्रश्न पर एकमात्र और अंतिम निर्णय तो इतिहास देगा परंतु इन सबका विवेचन प्रस्तुत संक्षिप्त पुस्तिका की सीमा से बाहर है।

हम अपनी विवेचना के अंत में वांग कुओ-वेइ (1877-1927) का उल्लेख करना चाहेंगे जिसके बारे में फ़ंग यू-लन ने कुछ जानकारी दी है। वह एक महान विद्वान था जिसने इतिहास और पुरातत्व का व्यापक अध्ययन किया था। कांट और शोपेनहावर के दर्शन पर उसका अधिकार था। वह एक प्रतिष्ठित साहित्यकार भी था। उसने यह सब उपलब्धियां 30 वर्ष की आयु से पहले ही प्राप्त कर ली थीं। अजीब बात यह है कि इस उम्र में उसने दर्शनशास्त्र से नाता तोड़ लिया और फिर *तीस की आयु में आत्मविवरण* नामक ग्रंथ लिखा। इस ग्रंथ से कुछ विस्तृत उद्धरण हम यहां दे रहे हैं: "मैं काफी समय से दर्शनशास्त्र से ऊबा हुआ रहा हूं। दार्शनिक सिद्धांतों के बारे में यह एक सामान्य नियम है कि जिनसे प्रेम किया जा सकता है उनका विश्वास नहीं किया जा सकता और जिनका विश्वास किया जा सकता है उनसे प्रेम नहीं किया जा सकता। मुझे सत्य का ज्ञान है और फिर भी मुझे बकवास यानी महान तत्वमीमांसा, उदात्त नीतिशास्त्र और शुद्ध सौंदर्यशास्त्र से प्रेम है। यही वे वस्तुएं हैं जिनसे मुझे सबसे ज्यादा प्यार है। फिर भी विश्वसनीय की तलाश में लगे हुए मुझे सत्य के प्रत्यक्षवादी (पाजिटिविस्टिक) सिद्धांत, नीतिशास्त्र के सुखवादी सिद्धांत और सौंदर्यशास्त्र के अनुभववादी सिद्धांत में विश्वास है। मैं जानता हूं कि ये विश्वसनीय हैं मगर फिर भी मैं इनमें विश्वास नहीं कर सकता। यही वह भयानक उलझन है जिसका अनुभव मैं पिछले दो-तीन सालों से करता आ रहा हूं। इधर धीरे-धीरे दर्शनशास्त्र से हटकर मेरी दिलचस्पी साहित्य में बढ़ी है क्योंकि इससे मैं सीधे-सीधे संतोष पाने का इच्छुक हूं।"

इससे एक दिलचस्प बात यह उभरती है कि कुछ 'गंभीर' बातें इसीलिए सुखद लगती हैं कि वे देखने में गंभीर मालूम होती हैं। मिसाल के लिए, सृष्टि की शून्यता पर विचार करना, सार्वभौम प्रेम का प्रचार करना और कला को स्वयं में एक ध्येय बताकर उसका महिमामंडन करना कितना सुखद लगता है ! इसके विपरीत, हो सकता है कि जीवन से संबद्ध 'व्यावहारिक' बातें पार्थिव, शुष्क और क्षुद्र लगें। ऐसे लट्ठमार दर्शनशास्त्र के सहारे आप हवा में कुलांचें नहीं भर सकते। कितना नीरस है यह सब ! चीनी दर्शनशास्त्र के संप्रदाय व्यक्ति के रुझानों और आवश्यकताओं, दोनों को संतुष्ट करते हैं। यह तो इस दर्शनशास्त्र के बल्कि किसी भी दर्शनशास्त्र के छात्रों का काम है कि वे 'प्रत्यक्ष संतोष' की प्राप्ति के लिए किस वस्तु से प्रेम करें और किसका विश्वास करें, इसका पता खुद लगाएं। परंतु पूर्णता की प्राप्ति के लिए किन बातों के वास्ते संघर्ष किया जाए, इसका पता लगाना शायद एक अधिक उत्तम लक्ष्य हो ! व्यावहारिक दर्शनशास्त्र गंभीर भी हो, इसमें कुछ भी अतार्किक नहीं है।

# शब्दावली

| | |
|---|---|
| इ | न्याय-भावना |
| इच्छांतिक | बौद्ध मत का विरोधी |
| कुआन | ताओवादी मंदिर |
| कू वेन च्या | प्राचीन पाठ संप्रदाय |
| को यी | सादृश्य द्वारा व्याख्या |
| खुंग त्सुंग | शून्यवादी संप्रदाय |
| खुन | पृथ्वी, तीन विभाजित समांतर रेखाएं |
| चंग | विवेकपूर्णता, वह जो उचित है |
| चिंग | एकाग्रता |
| चिंग शिन | मन की शांति |
| चिन | जल |
| चिन वेन च्या | नवीन पाठ संप्रदाय |
| चिह | प्रत्यक्ष, भौतिक संरचना, सामान्य |
| चू जू | महागुरु |
| चेन | सहृदयता |
| च्या | संप्रदाय |
| च्येन अइ | सद्गुणी की प्रशंसा |
| च्येह ज्सांग | अंतिम कर्म संबंधी मितव्ययिता |
| च्येह युंग | किफायत |
| च्व | विद्वान |
| च्व च्या | विद्वत संप्रदाय (कन्फ्यूशियसवाद) |
| च्वन-जू | परिपूर्ण सत्पुरुष |
| छन | ध्यान |
| छंग | अविकारी |
| छेंग | गंभीरता, यथार्थता |
| छि | प्राणवायु, तत्व |
| छी | पदार्थ, ऊर्जा |
| छ्येन | स्वर्ग |

| | |
|---|---|
| छ्वन छ्यु | वसंत और पतझड़ का काल |
| ताओ | मार्ग, इत्यादि |
| ताओ च्या | ताओवादी दर्शन-संप्रदाय |
| ताओ च्याओ | ताओवादी धर्म |
| ताओ-दे च्या | ताओवादी दर्शन-संप्रदाय |
| त्ज़ू-चन | स्वतःस्फूर्तता |
| त्सू | परिवार-प्रमुख |
| थइ-ची | अंतिम और परम सत्ता |
| थइ-ची थु | अंतिम और परम तत्व का चित्र |
| थइ-यी | सर्वोच्च सत्ता |
| थु | पृथ्वी |
| थुंग | एकरूपता |
| थ्येन | स्वर्ग |
| थ्येन ती | स्वर्ग और पृथ्वी |
| थ्येन-मिन | स्वर्ग का नागरिक |
| थ्येन शिह | स्वर्गिक गुरु |
| द | सद्‌गुण |
| फा | निरंकुश शासक |
| फू | सरलता |
| फ्येन चे | शास्त्रार्थ कर्मी |
| फ़ा | नियम-प्रतिमान, अधिनियम |
| फ़ा च्या | विधिवादी संप्रदाय |
| फ़ांग शिह | गुह्यविद्यावादी |
| फ़ांग शु चिह शिह | विधिज्ञाता मनुष्य |
| फ़ेइ कुंग | युद्ध की निंदा |
| फ़ेइ मिंग | प्रारब्ध |
| फ़ेइ चो | कर्मकांडीय संगीत |
| फेंग ल्यू | स्वर्तःस्फूर्त प्रतिक्रिया |
| फ़ो च्याओ | बौद्ध धर्म |
| फ़ो श्वेह | बौद्ध धर्म |
| मिंग | नाम, स्वर्गीय आदेश, प्रारब्ध |
| मिंग च्या | नाम संप्रदाय |
| मिंग च्याओ | संस्थाएं और नैतिकता |
| मू | अग्नि |

| | |
|---|---|
| मो च्या | मोहीवादी संप्रदाय |
| म्याओ | मंदिर |
| यांग | सक्रिय, गतिमान शक्ति |
| यिन | निष्क्रिय, अचल शक्ति |
| यिन चे | स्वयं की पहचान नष्ट करनेवाले |
| यिन-यांग च्या | यिन-यांग दर्शन-संप्रदाय |
| यी | सच्चरित्रता |
| यू | सत् |
| यू-मिंग | नामधारी |
| यू-वेइ | क्रिया |
| यू-श्येह | घुमक्कड़ योद्धा |
| येन | वाणी |
| युवेह | संस्कृति, संगीत |
| लिमिन | जनता |
| ली | वस्तु-प्रवर्गों का नियमन करनेवाला अमूर्त मूलतत्व, बुद्धि, कर्मकांड या प्रचलित नियम, भूमि, खेत, लाभ |
| ल्यू शिह कुआन | छः जुएं |
| वांग | संत |
| वू | असत्, विशिष्ट |
| वू ची | अंतहीन |
| वू दे | पंचशक्ति |
| वू-मिंग | अज्ञान |
| वू यू | इच्छा का अभाव |
| वू-वेइ | अक्रिया |
| वू-शिन | अ-मानस |
| वू-शिंग | तत्व |
| वेइ-शी त्सुंग | मनोगत विचारवादी संप्रदाय |
| वेइ शू | प्रक्षेप |
| वेन-म्याओ | कन्फ्यूशियस का मंदिर |
| शमन | आरंभिक जादू का एक प्रकार |
| शा | प्राण लेना |
| शांग थुंग | सामाजिक एकजुटता |
| शी मिंग | वस्तुओं की एकता |

| | |
|---|---|
| शिंग | दंड; क्रिया करना |
| शिह | वास्तविकता, शक्ति, सत्ता, क्रिया, हत्या |
| शू | राजनय की कला, दूसरों को हानि पहुंचाने से बचना |
| श्यांग त्सुंग | मनोगत विचारवादी संप्रदाय, सार्वभौम मन का संप्रदाय |
| श्येन दिंग फ़ा | पूर्वनिर्धारित नियम |
| श्येह | घुमक्कड़ योद्धा |
| श्वी | काष्ठ |
| सेंग | जीवन |
| त्सु | मंदिर |
| हाओ चन चिह छी | महान सदाचार |
| हुओ | धातु |
| हो | सामंजस्य |

नोट : अविद्या, निर्वाण आदि सुपरिचित शब्द छोड़ दिए गए हैं।

# चीनी इतिहास का कालक्रम

| | |
|---|---|
| *राजवंश-पूर्व* : | दंतकथाओं के संत-शासक और सांस्कृतिक नायक (तीन शासक और पांच सम्राट : फू शी, शेन नुंग, ह्वांग-दी, यओ, शुन) |
| *श्या राजवंश* : | 2205 ?-1766 ई. पू.<br>सस्थापक : यूव महान, नौ वर्षीय बाढ़ से रक्षा करनेवाला |
| *शांग* या *यिन राजवंश* : | 1765 ?-1123 ? ई. पू.<br>(इस काल की ऐतिहासिकता पुरातत्व-सिद्ध है) |
| *चओ राजवंश* : | 1122 ?-256 ई. पू.<br>राजा वेन और राजा वू तथा सामंत चओ ने इसे संस्थापित किया और मजबूती दी । ये ही कन्फ्यूशियसवाद के राजनीतिक नायक हैं ।<br>अ. *छुन छ्यू* (वसंत और पतझड़) काल या *फा* (निरंकुश शासक, संरक्षक सरदार) काल : 722-481 ई.पू.<br>ब. युद्धरत राज्यों का काल : 403-221 ई.पू. |
| *छिन राजवंश* : | 255-207 ई. पू.<br>पुस्तकों की होली : 213 ई. पू. |
| *हान राजवंश* : | 206 ई. पू-220 ईसवी<br>पूर्ववर्ती हान वंश : 206 ई. पू.-24 ईसवी<br>वांग मांग (राज्य का अपहरणकर्ता) : 9-23 ईसवी<br>परवर्ती हान : 25-220 ईसवी |
| *विभाजन का काल* : | 220-590 ई.<br>वेइ (220-265) और चिन (265-419) जैसे अल्पायु राजवंश और राज्य |
| *सुई राजवंश* : | 590-617 |
| *थांग राजवंश* : | 618-906 |
| पांच *राजवंश* : | 907-959 |
| *सुंग राजवंश* : | 960-1279 |

| | | |
|---|---|---|
| | | उत्तरी सुंग : 960-1126 |
| | | दक्षिणी सुंग : 1127-1279 |
| *युवन (मंगोल) राजवंश* | : | 1280-1367 |
| *मिंग राजवंश* | : | 1368-1643 |
| *छिंग मांचू राजवंश* | : | 1644-1911 |
| *गणराज्य* | : | 1912-1949 |
| *लोक गणराज्य* | : | 1949 में स्थापित |

# पुस्तक-सूची

1. चीनी दर्शन के प्रमुख ग्रंथों के अंग्रेजी अनुवाद
   *सैक्रेड बुक्स ऑफ दि ईस्ट,* खंड 3, 16, 27, 28, 39, और 40
2. जोसफ नीधम :
   अ. *साइंस एंड सिविलाइज़ेशन इन चाइना,* खंड 2
   ब. *दि ग्रैंड टाइट्रेशन*
3. डेर्क बोड :
   'डोमिनेंट आइडियाज़ इन चाइनीज़ कल्चर', *जर्नल ऑफ दि अमेरिकन ओरियंटल सोसायटी,* खंड 42, 1962
4. फ़ंग यू-लन :
   अ. *ए हिस्ट्री ऑफ चाइनीज़ फिलॉसफी,* दो खंडों में
   अनुवादक : डेर्क बोड
   ब. *ए शार्ट हिस्ट्री ऑफ चाइनीज़ फिलॉसफी*
   अनुवादक : डेर्क बोड
   स. *दि स्पिरिट ऑफ चाइनीज़ फिलॉसफी*
5. बइ शओयी (संपादक) :
   *एन ऑउटलाइन हिस्ट्री ऑफ चाइना*
6. लिन युदंग :
   *दि विज़डम ऑफ चाइना*
7. ई.आर.हग्स :
   *चाइनीज़ फिलॉसफी इन क्लैसिकल टाइम्स*
   (एव्रीमैन्स लाइब्रेरी सीरीज, 1954)